RENE JUSVEL

# ACTUALITE

# IMAGINAIRE

## Tome 1

## Auto-Edition

ISBN : 978-2-9566648-1-9

# Préambule

Dans ce livre sont regroupées 200 « brèves » parues, au fil du temps (du 25/09/2009 au 31/05/2012) sur mon blog « Actualité Imaginaire ».

Il ne s'agit pas d'un roman, ni de nouvelle(s), de poésie, ni d'un écrit documentaire ou épistolaire.

Cela reprend le principe de nouvelles brèves que l'on trouve dans les périodiques papier, notamment magazines.

Donc pas d'articles de fond.

Une idée par brève, simplement évoquée, sans développement mais concentrée, significative.

C'est aussi un peu le format des posts sur Facebook, des textos, tweets,… bref, des écrits courts, faciles à lire rapidement, dans n'importe quel ordre ; traduction, en style littéraire, de la tendance actuelle.

Avec un côté imaginaire, voire prédictif.

Mais c'est aussi et surtout l'expression d'un monde presque imaginaire… décrit par petites touches, comme un puzzle…

Point d'histoire, de personnage (si ce n'est son auteur).

En fait, le seul personnage est René Jusvel, une sorte de journaliste, qui reçoit ces informations d'un monde parallèle et les publie dans notre monde.

Laissons-lui maintenant la place…

# Introduction

Vous trouverez ici les brèves que j'ai rédigées ces derniers temps pour le magazine « Notre Monde » mais dont vous n'avez peut-être pas eu connaissance à cause du décalage temporel. Elles sont au nombre de 200, dans l'ordre chronologique de leur rédaction, et selon 5 domaines : Sciences, Technologie, Société, Economie, Politique, reprenant les rubriques de la revue.

Nos deux mondes semblent proches et je ne comprends pas d'ailleurs comment nous pouvons être tellement semblables, pouvoir ici communiquer, et pourtant…

Bref, je suis donc obligé d'écrire que « Toute ressemblance avec des personnages ou faits réels ne serait que pure coïncidence ». Allez, on dira que vous trouverez ici les échos d'un monde imaginaire, peut-être pas si éloigné du vôtre !?

Cela vous changera des nouvelles de votre quotidien, quoique…

Bonne lecture et évadez-vous un peu…

Je vous donne RV pour la suite prochainement, notamment sur mon blog :

http://actualite-imaginaire.over-blog.com/ et sur ma page Facebook : https://www.facebook.com/rene.jusvel

RENE JUSVEL

# SOCIETE – MONDE

## Renaissance de la géopolitique, une tectonique humaine

La géopolitique évolue : plus scientifique que par le passé.

Un peu à la manière de la tectonique des plaques en sismologie, des études sont menées actuellement visant à définir les zones de conflits potentiels qui se situeraient aux frontières des différentes « plaques humaines ».

Il s'avère que ces plaques humaines apparaissent au travers de différents critères tels que la langue, l'histoire, la civilisation, la religion, le régime politique,… qui, plus ou moins, se recouvrent à l'identique : telle zone utilise tel type de langue, a telle histoire commune, telle religion majoritaire, tel type de régime politique…

Cela rejoint la notion de monde multipolaire, on aurait parlé avant de blocs.

Ainsi apparaissent clairement les zones sensibles, lieux de conflits car lieux de frictions entre plaques humaines.

Mais à l'instar des séismes et volcans, ce n'est pas pour autant que nous pouvons déjà espérer connaître à l'avance là où il y aura conflits.

25/09/09

# POLITIQUE – FRANCE

## Le parti Royaliste refait surface

 A peine croyable : après près de 2 siècles, réapparaît en France un véritable courant royaliste !

Certes, de tous temps, les partis Royalistes ont existé mais ce n'était qu'une survivance nostalgique d'une infime minorité.

Là, c'est du plus sérieux. Il semble que la parade au risque de l'hyper présidentialité vienne du rétablissement de la monarchie. Le principe étant qu'il y a alors quelqu'un de supérieur à l'actuel Président de la République, celui-ci, dans ce cas, étant l'équivalent d'un premier ministre comme en Angleterre. C'est vrai que déjà beaucoup de pays de l'Union Européenne sont actuellement des monarchies constitutionnelles et la démocratie ne s'y porte pas plus mal que ça.

Cela parait un comble pour la France, terre de la Révolution, mais elle en avait connu d'autre, même après 1789… Bon, à chaque élection, une 3ème force apparaît, chaque fois différente.

A moins que ce ne soit notre hyper Président qui soit un jour couronné...

25/09/2009

4

# SCIENCES – GENETIQUE

## Une mémoire génétique ?

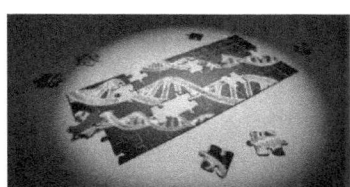

Nous connaissons tous la transmission héréditaire du patrimoine génétique qui perpétue certaines caractéristiques morphologiques. Un poisson donne naissance à un poisson, un humain à un humain, et même retrouve-t-on ainsi des ressemblances de telle personne à sa progéniture, non à l'identique puisqu'issue de 2 individus.

Et l'évolution, jusqu'à présent, était considérée comme suite à des mutations aléatoires dont certaines étaient viables, d'autres non.

Mais on parle de plus en plus de « mémoire génétique ».

Ces mutations seraient la « matérialisation » d'un apprentissage génétique : en fait, au-delà des mémoires à court et long terme, apanage du cerveau, il y aurait une mémorisation génétique. Ainsi, les actions répétitives et régulières, souvent liées à la survie, seraient, à long terme, en fin de comptes, « mémorisées » dans le code génétique, provoquant ainsi de fines mutations qui se transmettraient alors, lors de la reproduction, à la descendance.

A ne pas confondre avec certaines idées de science-fiction.

26/09/2009

# SCIENCES – GENETIQUE

## Une hérédité évènementielle?

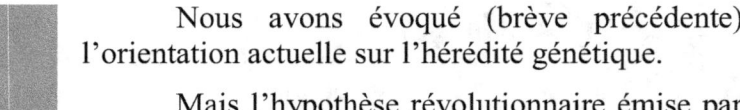

Nous avons évoqué (brève précédente) l'orientation actuelle sur l'hérédité génétique.

Mais l'hypothèse révolutionnaire émise par le professeur Georges Paulson, dans la revue Nature serait qu'il y aurait également un « héritage évènementiel ».

Suite à une étude sur un grand nombre de « patients », il a constaté que les évènements survenant dans la vie d'un individu se reproduisaient de génération en génération. Bien sûr, il ne s'agit d'une reproduction à l'identique mais s'adaptant au contexte nouveau.

Cela va plus loin que les constations des psychologues sur la transmission par l'éducation au sens large (contexte de la petite enfance). Il s'agit bel et bien de la survenue d'évènements non dépendants de l'individu en cause.

Cette théorie est audacieuse car elle sous-entend une autre conception du cours des choses, une sorte de destinée, de fatalisme.

Gageons que cette hypothèse provoquera réactions du monde scientifique car elle remet en cause bien au-delà de la simple génétique ou de la psychologie.

26/09/2009

# SOCIETE – TECHNO-ECONOMIE

## Un pôle humain

Est-ce la fin de l'Europe ? C'est une question qu'on est en droit de se poser.

En fait, d'après la dernière hypothèse émise par des chercheurs de l'université de Pen State : une sorte de pôle mondial de déplacerait au cours des âges, du Moyen Orient au bassin méditerranéen, à l'Europe, l'Angleterre, l'Amérique du nord, puis le japon, allant maintenant vers la Chine et bientôt vers l'Inde avec, probablement, un « retour » vers l'Afrique de l'est ensuite…

Cela est remarquable si on observe la prédominance économique et culturelle.

Disons qu'après le bassin méditerranéen, on avait un centre « atlantique » qui laisse, peu à peu, la place au Pacifique : la côte ouest des USA, Japon, Corée, Chine… et l'Inde qui se réveille.

Dans cette hypothèse, on voit bien alors que l'Europe, peu à peu oubliée des fastes économiques mais aussi, par conséquent, sociaux et culturels, risque de ne devenir qu'une contrée touristique pour d'autres peuples.

28/09/2009

# POLITIQUE – EUROPE

## Un grand projet pour l'Europe

 En son temps, un Président américain avait fait le pari d'envoyer un homme sur la lune. Le rêve était beau, motivant, et profitable au pays.

Le projet Européen, annoncé ce week-end, semble tout aussi formidable : maîtriser le climat Européen !

En fait, nous en sommes aujourd'hui aux balbutiements. C'est tout juste si nous pouvons le prévoir alors quant à le maîtriser…

Cependant, ce projet aurait quantité de répercutions. Citons simplement l'agriculture, le tourisme, les catastrophes climatiques. Mais les réactions ne se sont pas fait attendre : les écologiques s'insurgent contre ce projet qui va à l'encontre de la nature. C'est jouer aux apprentis sorciers sans avoir l'assurance d'en maîtriser toutes les conséquences, retombées.

Mais imaginez : du soleil assuré en été, de la neige à Noël, un peu de pluie la nuit seulement, le rêve ! Mais aussi une arme potentielle redoutable en cas de conflit et une pluie battante sur les manifestations !

02/10/2009

# ECONOMIE

## L'OPEP devient l'OPEES

L'OPEES vient d'être créée à RIAD ce week-end. Il vous faudra vous habituer à ce nouveau sigle. OPEES : Organisation des Pays Exportateurs d'Energie Solaire.

En fait, l'OPEP existe toujours mais survit plutôt. La réserve en énergie fossile s'épuise ou, plus exactement, les coûts d'exploitation deviennent de plus en plus élevés.

Peu à peu, les déserts brûlants d'Afrique du Nord et du Moyen-Orient voient se déployer des surfaces gigantesques de plaques photovoltaïques. Les pipe-lines sont remplacés par des lignes électriques haute-tension... Et le pétrole fait place à l'énergie renouvelable sous force d'électricité.

Mais donc, par un hasard naturel, la majeure partie des pays exportateurs de pétrole s'avèrent être aussi des pays où le déploiement de panneaux solaires est le plus facile (régions planes, peu peuplées, stables géologiquement) et le plus rentable (forte durée d'ensoleillement intense).

Suite au réchauffement climatique, les régions tempérées essaient de mettre en place ce type de production d'énergie mais la concurrence sera rude.

03/10/2009

# SCIENCES – INFORMATIQUE

## Bio-informatique, ce sera bientôt autre chose

Jusqu'à présent, la bio-informatique était la mise au service des techniques informatiques à la biologie, notamment le décryptage du génome humain.

Or voici qu'une nouvelle voie est en exploration, par IBM en liaison avec Le National Center for Biotechnology Information (NCBI).

Actuellement, toute la technologie informatique repose sur le silicium, les fameux circuits intégrés, les « puces »,… Or de récentes recherches visent à intégrer, dans les technologies informatiques et électroniques, des éléments biologiques, certes à un niveau quasi moléculaire encore, mais le but est d'imiter, en quelque sorte, le vivant, et notamment le fonctionnement du cerveau afin de rendre plus performants encore, dans le futur, nos « ordinateurs ».

Nous avions assisté à la tentative inverse : remplacer, suppléer, certains fonctionnements organiques par des composants électroniques. Mais, pour cela, il était nécessaire de prévoir une source énergétique pour faire fonctionner ces circuits additionnels.

Alors, demain, comment faire « vivre » nos machines ?

04/10/2009

# SOCIETE – EDUCATION

## Encore une réforme !

Le Ministre de l'Education vient de présenter, à l'occasion de sa dernière conférence de presse, la grande réforme annoncée. 2 nouvelles matières apparaissent : « communication » et « vie sociale ».

La communication couvre l'ensemble des médias : les anciennes TICE (Technologie de l'Information et de la Communication dans l'Education) donc l'informatique, Internet… qui ne sont plus du domaine du technique ou transdisciplinaire, la vidéo, la presse...

« Vie sociale » est un apprentissage pratique pour préparer la vie d'adulte future : connaissance des services publics, formalités, lois, mais aussi bricolage, cuisine… et le retour de l'éducation civique.

Le temps global d'apprentissage restant le même, cela a pour conséquence le regroupement d'anciennes disciplines telles que « Arts et culture » et « Connaissance du monde » (Histoire, Géographie).

Des éléments intéressants, certes, mais, encore une fois, nous assistons à une énième réforme, comme si chaque nouveau Ministre de l'Education se sentait obligé d'apporter sa réforme…

06/10/2009

# POLITIQUE – MONDE

## Tension sur l'Antarctique

 Le continent antarctique, jusqu'ici terre préservée, consacrée à la recherche, n'appartenait à aucune nation, d'un commun accord entre toutes.

Certes, les zones côtières étaient lieux de pêche et de tourisme (en nette évolution), l'exploitation des icebergs comme source d'eau douce est en gestation, mais le continent lui-même était laissé aux scientifiques.

Or, avec le réchauffement climatique, la calotte polaire disparaît peu à peu et le sol regorge de minéraux mais surtout de pétrole.

Cela attise les convoitises. Le traité de 1991 est remis en question. Chacun revendique le droit à exploitation. Ce fût d'abord au large, puis dans les eaux territoriales. Maintenant, c'est sur terre que les nations les plus consommatrices de pétrole et de gaz ou les plus limitrophes remettent en cause le traité et s'installent sous prétexte de recherche scientifique (forages d'exploration). Dernièrement, clash à l'ONU.

Lorsqu'un intérêt économique est là, les vieux démons humains réapparaissent et le remplacement des énergies fossiles est vite oublié.

07/10/2009

# SOCIETE – EDUCATION

## Ça grince chez les enseignants

 Une révolution historique se prépare pour l'Education Nationale française.

En effet, la Commission Européenne se penche depuis quelques temps sur l'harmonisation des systèmes éducatifs nationaux. Or, le système éducatif français est une originalité dans le contexte européen. Dans la plupart des pays, le système est décentralisé, beaucoup plus qu'en France. Les décisions, le recrutement, le financement et, en partie, les Programmes, sont définies localement.

France : il risque bientôt d'en être autrement. Si les recommandations européennes sont suivies, ce sera aux collectivités locales d'assurer ces fonctions. Pour les écoles, les mairies recruteront et rémunéreront leurs enseignants. Idem pour les professeurs, au niveau départemental (collèges) ou régional (lycées). Quant à l'enseignement supérieur, cela est déjà en marche depuis l'autonomie des universités.

Notre école de la République va en prendre un sacré coup et nos hussards ne sont pas prêt à l'accepter avec l'inégalité engendrée par la différence entre collectivités locales : richesse mais aussi orientation politique.

08/10/2009

13

# SOCIETE – EDUCATION

## Pour ne pas dormir en classe

Nous pourrions dire, reprenant la publicité « vous en rêviez, Sony l'a fait ! ». La machine à apprendre la nuit est au point et en test actuellement.

En fait, des ingénieurs japonais ont appliqué le principe que le sommeil paradoxal avait pour fonction l'établissement de connexions synaptiques afin de passer de la mémorisation à court terme à celle à long terme en créant des chaînes d'associations d'idées pour retrouver l'information.

Partant de cette constatation et des possibilités de réceptions externes, la « machine à apprendre » permet alors de mémoriser des connaissances. Pratiquement, il s'agit donc d'un appareil, que le patient porte sur la tête lors du sommeil, et sur lequel sont enregistrés oralement les éléments à apprendre, qui déclenche la transmission au cerveau à certains moments selon l'activité cérébrale. On retrouve là un phénomène assez semblable à celui de l'hypnose. Ainsi, tout ce qui concerne la mémorisation pure et dure peut être pris en charge…

Bien sûr, l'école sera toujours nécessaire et obligatoire car l'apprentissage ne se réduit pas à la mémorisation mais les leçons du soir risquent de devenir dorénavant beaucoup plus agréables.

09/10/2009

# SOCIETE – VIE PRATIQUE

## Un DVD selon votre humeur

Vous êtes, d'un seul coup, mélancolique, ou moment de nostalgie, ou fureur, ou bonheur… Voici le DVD qu'il vous faut !

Il s'agit d'un DVD que vous pourrez trouver bientôt dans les bacs.

Et oui : nous connaissions, jusqu'à présent, des CD de musique relaxante, naturelle ou religieuse. Voici la version DVD élargie. Vous y trouverez ce qui correspond à votre humeur du moment.

Pour chaque état d'âme, un diaporama accompagnant une musique adaptée. Que ce soit colère, appréhension, bonheur, plénitude, tristesse, bonne humeur, légèreté, jalousie… il existe un morceau correspondant. A vous de choisir selon l'instant, l'état d'âme..

Ils sont particulièrement bien faits et permettent ainsi d'assouvir votre esprit, vos sentiments. 16 morceaux choisis.

Seule recommandation : en cas de grosse colère, évitez de casser le DVD en mille morceaux car vous perdrez alors toutes possibilités lorsque les choses iront mieux. Et, fatalement, elles vont toujours mieux après.

10/10/09

# SOCIETE – FRANCE

## Les fonds de pensions arrivent en France

 Sujet oh combien tabou : le financement des retraites par les fonds de pensions. Et pourtant cela existe déjà pour les retraites complémentaires. Mais là, cela va plus loin. En effet, le problème du financement des retraites, n'arrête pas de s'aggraver. L'âge de la retraite a beau être reculé, la situation semble insoluble car la part de la population active diminue constamment et n'assure plus le financement. L'option est de réduire la pension par répartition et de compenser, peu à peu, par une contribution directe de l'intéressé à sa propre future retraite. C'est le principe même des fonds de pensions. D'autant qu'il s'agit de répondre au contrôle des sociétés françaises par les fonds de pensions étrangers.

Un projet de loi est donc à l'étude visant à mettre une partie des cotisations retraites en gestion par des fonds de pensions et que ces fonds de pensions soient obligatoirement investis dans des sociétés françaises. Cela devrait intervenir pour ralentir restructurations, délocalisations, licenciements…

En fait, peu de changement dans l'esprit du salarié : il cotisera de la même manière et cela fait bien longtemps qu'il a oublié l'aspect solidarité de la retraite par répartition.

11/10/2009

# SOCIETE – FRANCE

## Des retraites à la carte

Est-ce revenir sur un acquis social ou est-ce que ça apporte un plus, au contraire ? En 1983 a été posée la retraite à 60 ans. Elle a été reculée à 65 ans ensuite.

D'après de récentes informations, il est fort possible que l'Assemblée Nationale vote pour une retraite à la carte : chacun pourrait prendre sa retraite quand bon lui semble : à 50 ans comme à 75. Mais, bien évidemment, il ne percevrait alors que ce pour quoi il a cotisé selon son nombre d'années d'activité salariée.

Parallèlement sera généralisée la diminution progressive d'activité. En fait, la tendance serait qu'un salarié gagne quasi autant tout au long de sa carrière et plutôt que d'avoir augmentation de salaire liée à l'ancienneté, c'est le temps de travail qui serait réduit peu à peu. Cela aiderait à résoudre deux problèmes : l'emploi des séniors dont les prétentions financières ne constitueraient plus un frein, et la libération de postes permettant de diminuer le chômage. Ainsi le passage à la retraite se ferait en douceur.

Ajoutons enfin les incitations fiscales afin que les entreprises utilisent leurs séniors essentiellement comme formateurs. Moralité : le vieux sait, le jeune peut…

12/10/2009

# ECONOMIE – FRANCE

## Pourquoi conserver le nucléaire ?

 Depuis l'impulsion donnée par VGE, la France est en pointe, dans le monde, pour la production d'énergie nucléaire. Il est vrai qu'ainsi une certaine indépendance énergétique est assurée et que la pollution engendrée ne contribue pas au réchauffement climatique. Mais il reste une dépendance car les composants radioactifs sont importés et il reste les problèmes du retraitement des déchets et de la sécurité.

En fait, il se confirme que l'on s'oriente vers une $3^{ème}$ voie : le remplacement progressif des énergies fossiles par du nucléaire puis du nucléaire par des énergies renouvelables. L'énergie nucléaire servirait de transition entre les deux. Il est clair que les énergies renouvelables ne pourront pas remplacer, du jour au lendemain, les énergies fossiles. Une bonne trentaine d'années – durée de vie d'une centrale nucléaire – est nécessaire pour ce faire. Or cette durée est trop longue vis-à-vis du réchauffement climatique. Le plan nucléaire proposé est donc là pour assurer un remplacement rapide des énergies fossiles, et, pendant ce temps, les énergies renouvelables seront développées. Jusqu'à ce que les centrales nucléaires meurent de leur belle mort, ayant assuré leur mission : supprimer, par remplacement, l'utilisation d'énergie fossile et permettre l'installation des énergies renouvelables.

13/10/2009

# ECONOMIE – FRANCE

## Finis les biftons !

Oubliez l'oseille, les biftons, la fraîche, le cash… Bientôt, tout cela n'existera plus.

Carte Moneo ou sans contact ou via smartphone pour les petites sommes, carte bleue sinon (sécurisée sur Internet), carte de crédit pour les gros achats à crédit,… Les banques, sous impulsion gouvernementale, viennent de se mettre d'accord pour un remplacement et une standardisation par une seule et même carte « Argent » qui devrait être à même de permettre tout paiement quelle qu'en soit l'importance.

Mais le changement va plus loin : peu à peu seront supprimés de la circulation toutes les pièces et billets de banque ! Ainsi, l'argent liquide va complètement disparaître…

De nombreux avantages à cette évolution : une seule et même carte, nominative pour l'usager, une seule et même machine pour le commerçant, plus de fabrication de pièces et billets. Et surtout, par ce biais, on freine considérablement tous les trafics : mains d'œuvre clandestine, travail au noir, argent sale, trafic illicite, fausse monnaie et braquages…

Il n'y a que les numismates qui n'y trouveront pas leur compte…

14/10/2009

# POLITIQUE – EUROPE

## A chacun son Europe

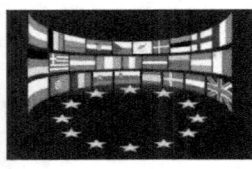 Devant les difficultés de gestion d'un tel ensemble disparate que constitue l'Europe, nous assistons à la formation de blocs, non pas par tendances politiques, mais par contrées. De fait, pour sortir de l'ornière, la solution qui apparaît au Conseil Européen est de constituer une Europe confédérale, formée de plusieurs fédérations ayant un fond culturel commun et où, déjà, on envisage l'éventuelle entrée d'autres pays :

Europe du sud : France, Italie, Espagne, Portugal, Malte,

E. de l'Ouest : Irlande, Grande Bretagne ( ?), Islande ( ?),

E. du Nord : Danemark, Suède, Finlande, Lettonie, Estonie, Lituanie, Norvège ( ?),

E. Germanique : Allemagne, Pays-Bas, Belgique, Luxembourg,

E. Centrale : Pologne, Autriche, Hongrie, Tchéquie, Slovaquie,

E. balkanique : Grèce, Roumanie, Bulgarie, Chypre, Slovénie, Croatie ( ?), Albanie ( ?), Bosnie Herzégovine ( ?), Yougoslavie ( ?), Macédoine ( ?), Monténégro ( ?), Serbie ( ?),

E. de l'Est ( ?) : Ukraine, Biélorussie, Moldavie, Russie.

Notre vieille Europe est tellement complexe qu'il nous faut la ménager, ne pas la bousculer. Elle l'a été si souvent au cours de son histoire…

16/10/2009

# SOCIETE – CULTURE

## Des B.D. sans dessinateurs

Les romans photos de jadis ont quasiment disparu de nos jours. Ils ne font plus recette. Par contre, on assiste à un fort développement des albums de bandes dessinées.

Alors, quoi de plus logique, avec les performances de l'informatique, qui déjà facilite la création des dessins animés, (films d'animation), que de voir apparaître les premières bandes dessinées conçues à partir de romans photos ?

Le principe de réalisation en est le même : une suite de photos de scènes réelles, avec commentaires et bulles, le passage au travers d'un logiciel spécifique qui transforme la photo en dessin, et le tour est joué ! Il y a même possibilité de paramétrer le logiciel pour personnaliser la transformation. Et voilà une bande dessinée réalisée sans intervention de dessinateur ! C'est fort, non ?! Et le mieux est que ça marche et donne ainsi un second souffle au roman-photo. Bon, le côté artistique, la patte du maître, n'y est plus, c'est clair.

Prévoit-on un stand au prochain festival d'Angoulême sans attirer les foudres des véritables artistes dessinateurs, créateurs, auteurs ?

17/10/2009

21

# SOCIETE – FRANCE

## Développement des résidences

 La fragilisation des communes, suite à la diminution des recettes fiscales et au développement des intercommunalités, a une conséquence inattendue, c'est le développement des résidences privées. Pourquoi ? C'est assez simple, les dépenses municipales sont essentiellement liées aux services rendus à la population : sécurité, nettoyage, éclairage,... Or, dans les résidences privées, un certain nombre de logements sont généralement regroupés dans un petit immeuble entourés d'espaces verts, parkings,... le tout étant clos et sous surveillance. Ainsi, c'est autant d'habitations pour lesquelles il n'y a pas de sécurité à assurer par les services municipaux, de nettoyage... car toutes ces charges sont alors gérées par un syndic de copropriété donc à la charge des habitants sans transiter par des taxes locales. Les communes n'assurent plus qu'à l'échelle supérieure (inter-résidences, écoles,...) à moindre coût. Cela permet aussi de réduire les coûts du ramassage des ordures, comme de la distribution du courrier (regroupement des poubelles, des boîtes aux lettres).

Que penser de cette mutation ? Est-ce la fin de la vie des communes ? Est-ce propice à une ghettoïsation ?...

19/10/2009

# SOCIETE – FRANCE

## Bingo !

Est-ce un canular ? Un député vient de proposer d'organiser une loterie liée à l'impôt sur le revenu !

En fait, l'objectif est de motiver les contribuables à déclarer un maximum de revenus.

Pour cela, une loterie serait mise en place donnant d'autant plus de chances de gagner qu'il y aurait de revenus déclarés ou plus exactement à payer.

Et donc cette nouvelle loterie serait « gratuite » puisque les sommes jouées seraient simplement le montant des impôts.

Cela ne coûterait donc rien de plus au contribuable et serait simplement un plus qui permettrait de gagner gros au final.

L'un dans l'autre, en retirant la somme des lots à payer aux gagnants mais en tablant sur de plus importantes recettes, l'Etat devrait y trouver son compte.

Cela ne concernerait, en un premier temps, que l'impôt sur le revenu mais pourrait être étendu ensuite aux impôts locaux.

Et, qui sait, ainsi, nos concitoyens se réjouiront lorsqu'on leur annoncera une augmentation des impôts !?

21/10/2009

# SCIENCES – PSYCHOLOGIE

## Comme le temps passe !

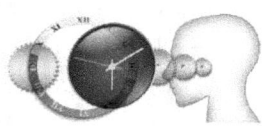 C'est l'expression que vous entendez venant des personnes âgées. En effet, l'impression générale est que plus on vieillit, plus le temps semble passer vite.

C'est à partir de cette remarque que le professeur Jean Axian, de l'Institut de Psychologie de Paris V, a émis l'hypothèse que le temps psychologique n'était pas d'un déroulement uniforme au cours de la vie. Il s'agit d'une « accélération du temps » au fur et à mesure que la vie d'un individu passe.

La durée subjective s'avère être ce que représente une durée sur l'ensemble de la vie déjà écoulée. 1 an, c'est 1/5 de sa vie pour un enfant de 5 ans et 1/50 pour un adulte de 50 ans. Bref, 10 ans, à l'âge de 50 ans, semble passer aussi vite qu'1 an, lorsque l'on a 5 ans ! D'où cette impression que plus ça va, plus les années passent vite.

Ça paraît aussi vrai pour l'évolution de l'espèce humaine qui semble s'accélérer…

Maintenant, temps scientifique, temps psychologique, y-a-t-il vraiment grande différence ? Le temps est-il vraiment linéaire ? De quelle manière évolue-t-il depuis le Big Bang ?... sachant que le temps scientifique est perçu par l'homme.

22/10/2009

# SCIENCES – PHYSIQUE

## Vers une nouvelle conception du champ unitaire

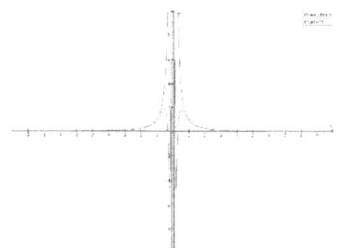

Vieux serpent de mer que la théorie du champ unitaire. Il s'agit de rassembler, en une seule théorie, les différentes forces que la physique a observées, qui mieux est, une seule équation…

Depuis Newton, Maxwell, Einstein, beaucoup s'y sont confrontés et semblent, petit à petit, s'approcher de la solution. Mais plus ça va, plus les théories sont complexes.

Or voilà que l'Institut de Physique de Berlin propose une voie qui ne manque pas d'originalité ni de simplicité. Même un lycéen de terminale serait à même de comprendre (au moins dans ses grands principes de base). Pour résumer et simplifier, la force de gravitation de Newton répondait à la formule $GM_1M_2/D^2$, $M_1M_2$ étant chacun une masse, G étant une constante ($6,67.10^{-11}$), D étant la distance entre les 2 masses. Or, à une certaine distance du centre des masses, la formule de Newton peut être considérée comme une approche d'une équation de type $K \sin(N/D)/D$.

Cela signifie que nous aurions une seule et même force déclinée en plusieurs à l'approche du centre… ! Evident !? Mouai

23/10/2009

# SOCIETE – CULTURE

## Un Prix Nobel pour la nouvelle encyclopédie

 Surprise générale : le Prix Nobel de Littérature a été attribué cette année à J. Wales et L. Sanger pour l'encyclopédie en ligne Wikipédia. « Le projet Wikipédia (Wp) a été lancé le 15 janvier 2001, par, Jimmy Wales, homme d'affaires (nouvelles technologies), doctorant en philosophie, créateur et propriétaire du projet, et Larry Sanger, docteur en philosophie travaillant pour Wales et responsable du projet. Wikipédia était à la base le sous-projet expérimental d'un autre projet d'encyclopédie en ligne s'appelant Nupédia, créé le 9 mars 2000 par les mêmes personnes ».

C'est la première fois qu'un Prix Nobel de Littérature est attribué pour la réalisation d'une encyclopédie … et en ligne! Il est vrai qu'il s'agit d'un genre littéraire. Et qu'aujourd'hui, Wikipédia est devenue une référence mondiale. Son aspect gratuit, en outre, a dû participer à ce choix.

Si les deux lauréats sont créateurs de « l'ouvrage », les auteurs se comptent par milliers puisqu'il s'agit d'une réalisation mutualisée. Le principe essentiel est de bien spécifier les sources et références. Il est vrai que cette dispersion des auteurs va à l'encontre d'un certain esprit académique, ce qui rend d'autant plus surprenant ce Prix Nobel.

24/10/2009

# POLITIQUE – FRANCE

## Le bonheur après la nature

 Après maintes années, l'écologie était devenue la préoccupation n°1 des français. On parlait d'écologie, développement durable, protection de la nature, commerce équitable, énergies propres et renouvelables, c'était dans l'air du temps, bienvenu car effectivement un sujet d'inquiétude majeur, une urgence.

Nous voyons peut-être apparaître, au niveau politique, une autre vague de fond : la quête du bonheur. Comme l'écologie lors avec René Dumont à l'élection présidentielle en 1974. Rien à voir avec le parti du bonheur japonais car aucune référence à une secte. L'élément déclencheur fut le sondage montrant que le Danemark se situait en 1$^{\text{ère}}$ (Europe) et la France en 26$^{\text{ème}}$ position pour les pays où les gens sont le plus heureux. Ajoutons à cela la prise en considération du stress au travail, les crises économiques à répétition, et les conditions sont réunies pour faire éclore ce nouveau mouvement politique, trans-partisan, que constitue la recherche du bonheur.

Quelles en sont les préoccupations majeures : la socialisation, l'intégration, la démocratie directe, la stabilisation du niveau de vie et de consommation, l'humanisme, bref, les composantes du bonheur. L'homme redeviendrait-il humain ?

25/10/2009

27

# SCIENCES – PHYSIQUE

## De l'atome aux anneaux de Saturne

 Suite aux travaux de l'Institut de Physique de Berlin (voir autre article ici), le laboratoire d'astronomie de Marseille travaille actuellement sur une interprétation macroscopique du champ ondulatoire. En fait, il s'agit de définir les lois physiques qui conditionnent les anneaux de Saturne mais, plus généralement, ce qui définit les orbites privilégiées des satellites naturels des astres. Et il semble que ces travaux soient prometteurs ! En effet, le positionnement des planètes – ou du moins des orbites de ces planètes - autour du soleil n'est pas le fruit du hasard mais bel et bien une répartition à des distances respectives du soleil qui répondent à des équations issues de combinaisons de champs ondulatoires de forces. En quelques sortes une harmonique macroscopique des champs de forces engendrés par les masses impliquées (soleil, planètes) créant des « lieux » d'équilibres où se logent les orbites planétaires. Cette répartition est celle que l'on retrouve, de manière plus diffuse mais donc plus précise, dans les anneaux de Saturne. Evidemment, on peut voir là quelque chose de fort semblable à la structure de l'atome avec ses orbites électroniques…

Ah, c'est comme faire des ronds dans l'eau, mais éternels…

10/11/2009

# SOCIETE – EDUCATION

## Instix chez les bretons

 Selon les dernières études, la maîtrise des langues ne décolle toujours pas en France, notamment par rapport aux autres pays européens. Ce qu'il manque, c'est une initiation forte à l'école primaire. Or les enseignants eux-mêmes n'ont pas la formation, pour assurer cet apprentissage. Certes une initiation est prévue dans les Programmes mais il y a un manque cruel d'intervenants et la prise en charge par les enseignants des classes pose problème.

Il semble cependant qu'une solution soit possible. Elle commence cette année, à titre expérimental, dans l'académie du Nord Pas-de-Calais. Il s'agit de la mise en place obligatoire d'un échange d'enseignants pour une année scolaire complète. Il y aura échange de classe à classe : l'enseignant anglais vient prendre en charge complètement une classe en France, à plein temps, et réciproquement. Ainsi, non seulement les élèves se familiarisent mieux à la langue, mais l'enseignant est alors en immersion totale dans l'autre langue et acquerra ainsi une excellente maîtrise de la langue étrangère pour son retour en France. Pour l'instant, cet échange est basé sur le volontariat mais il est prévu, par la suite, d'en faire une obligation professionnelle. Et pourquoi pas le généraliser dans un service civil européen ?...

12/11/2009

# POLITIQUE – MONDE

## Jérusalem

 Un accord où personne n'est vraiment satisfait peut être un accord qui dure... Cela fait maintenant des dizaines d'années que l'atmosphère politique internationale est pourrie par un conflit pourtant très localisé, ne concernant qu'un petit bout de terrain, qu'une infime proportion de la population mondiale et pourtant...

Mais peut-être est-on enfin en train de sortir de l'ornière. En effet, sous l'égide de l'ONU, un accord vient d'être conclu pour faire de Jérusalem, lieu sacré de 3 importantes religions, une « ville internationale » ! Jérusalem ne sera donc plus la « capitale » d'Israël, ni celle de Palestine, mais une entité, un état-cité à part entière, un peu comme le Vatican pour la religion catholique.

Et cette nouvelle ville Etat sera gouvernée par un collège tripartite, juif, musulman, chrétien. Elle sera considérée comme une ville sainte accueillant les pèlerins du monde entier. Economiquement, par ce statut particulier, la ville n'aura aucun problème à se suffire à elle-même. Mais on voit bien que, si cette avancée est décisive pour la suite, le conflit israélo-palestinien n'est pas pour autant complètement résolu : reste à faire admettre et intégrer l'existence d'Israël et de l'entité palestinienne.

13/11/2009

# ECONOMIE – FRANCE

## Profession remplaçant

 Beaucoup n'ont hélas d'autres choix que l'intérim pour s'assurer de pouvoir faire chauffer la soupe. Parfois, mais plutôt rarement, il s'agit d'un choix volontaire car plus rémunérateur, qui permet un renouvellement dans l'activité professionnelle et complète, de ce fait, l'éventail des compétences et surtout de l'expérience professionnelle pour ainsi enrichir le C.V…. Mais c'est donc un choix – pas toujours voulu – très aléatoire avec des périodes creuses, sans activités donc sans rémunérations, pas toujours compensées, à hauteur convenable, par les indemnités chômage.

Une grande entreprise d'intérim, Manpower, va lancer, en accord avec l'Etat qui subventionnera, et ce à titre expérimental pour 2 ans, des contrats à plein temps pour ses intérimaires. En fait, ces « employés » de Manpower percevront un salaire mensuel constant (évoluant en fonction des qualifications et missions). Ils effectueront des missions, exactement comme avant mais, entre chaque missions, ils seront placés en formations afin d'améliorer leurs qualifications et en fonction des besoins du marché, tout en respectant les souhaits des salariés. Bref, ils seront « employés » et salariés à plein temps.

Serait-ce la fin des intermittents du travail ?...

15/11/2009

# SOCIETE – EDUCATION

## Fin d'une absurdité

 Votre enfant est né le 1er janvier ? Trop tard ! Il ne pourra être inscrit à l'école cette année, il vous faudra attendre l'année prochaine ! Nous ne prenons que les enfants nés avant le 31 décembre. Et oui, et pourtant il est de la même année scolaire ! Voici une situation qui ne se produira plus. En effet, à compter de la prochaine rentrée scolaire, la date butoir ne dépendra plus de l'année civile mais de l'année scolaire, ce qui est beaucoup plus logique, de bon sens. Bref, ce ne sera plus le 31 décembre mais le 31 juillet. On ne verra plus alors cette disparité de niveau parfois flagrante entre l'enfant né en fin d'année civile et celui né en début. C'était une demande des associations de parents d'élèves, relayée d'ailleurs par le corps enseignant, notamment de maternelle. Mais est-ce la bonne solution ? La coupure d'année scolaire en été est un vieil héritage du temps des moissons où les enfants étaient libérés afin de travailler aux champs, puis afin d'offrir une longue période de vacances pour les familles en été. Mais cette différence entre année civile et année scolaire pose toujours problème, par exemple pour les crédits municipaux aux écoles qui sont décidés et attribués en début d'année civile. Mais là, les parents d'élèves ne sont pas prêts d'accepter un transfert des vacances d'été en hiver !!!

16/11/2009

# SOCIETE – FRANCE

## Comme au bon vieux temps

 C'était dans les années 60 (1960) : les premiers hypermarchés sont apparus. C'était la folie : on y trouvait tout, pas trop cher, mais en périphérie des villes. C'était la sortie du week-end où on faisait ses courses pour la semaine, voire le mois. Mais l'essence est, depuis, devenue chère, c'était la bousculade, le manque de convivialité, une image qui s'est dégradée notamment par la coupe réglée des agriculteurs... Alors que les superettes et autres épiceries avaient quasiment disparues, les voilà qui maintenant réapparaissent. Changement de comportement des consommateurs : ceux-ci privilégient maintenant la proximité, le contact humain – le vrai – et l'équivalent local du commerce équitable.

Ainsi, seules les grandes enseignes spécialisées subsistent : bricolage, ameublement,... Pour l'alimentation, ce sont donc les épiceries, artisans, que l'on retrouve. Mieux, se développent maintenant les ventes directes : ainsi fleurissent les associations locales entre consommateurs et fermiers : livraisons hebdomadaires de fruits, légumes..., du garanti « bio » à des prix modiques où producteurs et acheteurs s'y retrouvent. Bientôt, comme dans le temps, nous verrons les enfants, avec leurs bidons d'un litre, aller à la ferme chercher le lait...

18/11/2009

# SOCIETE – FRANCE

## Une bonne balade en forêt, c'est payant !

Quoi de plus sympathique, agréable, décontractant, qu'une balade en forêt ? Bon, évidemment, sur son chemin, on trouve canettes de bière, étuis de cigarettes froissés, mouchoirs en papier usagers,…

La solution ? Des gardes forestiers chargés de l'entretien des forêts ! Cela existe déjà mais revient cher.

C'est pourquoi, en forêt domaniale de Compiègne, dans l'Oise, une brigade a été créée pour entretenir et surveiller la forêt, la forêt certes, mais aussi les promeneurs. Et comme cela coûte, il a été établi un droit d'entrée de 2€ par personne et par jour.

Un simple ticket, pris à un petit distributeur automatique type parcmètre, contrôlé, à l'occasion, lorsque vous croisez un de ses membres.

Donc, à l'instar des parcs d'attraction, des musées,… la balade en forêt est maintenant payante malgré qu'il s'agisse d'un lieu public. Mais cela vaut le coup (coût). Et ainsi, on crée, par la même occasion, de l'emploi.

A quand le paiement pour aller sur une plage publique ?

20/11/2009

# SOCIETE – FRANCE

## Métro, boulot, dodo

Bon nombre de nos concitoyens n'ont pas la chance de travailler tout près de chez eux. Souvent, ils peuvent avoir jusqu'à 4 heures de transport par jour pour se rendre sur leur lieu de travail et revenir à la maison. Ces heures sont, pour eux, perdues alors que nécessaires pour pouvoir travailler. D'où la création de la Commission chargée de voir dans quelle mesure ces heures de transport ne pourraient pas être intégrées au temps de travail, donc payées ! En fait, outre l'aspect social, il y a derrière ça, l'incitation à décentraliser l'activité économique et à favoriser l'emploi local. Mieux, on y retrouve également une dimension écologique : moins de déplacements pour aller au travail, c'est aussi donc moins de $CO_2$ rejeté, que ce soit par les transports en commun que par les voitures. La mesure n'est pas si simple car elle ne peut être appliquée d'un seul coup. D'autres mesures accompagnatrices sont nécessaires pour d'abord permettre aux entreprises de s'implanter ailleurs, pour renouveler l'embauche afin de favoriser l'emploi local… Autre conséquence, ou solution, non négligeable pour les entreprises : favoriser et développer, lorsque cela est possible, le télétravail. Bref, si cette avancée aboutit, nos concitoyens y gagneront grandement en qualité de vie !

23/11/2009

# SOCIETE – PHILOSOPHIE

## On tourne en rond ou on avance ?

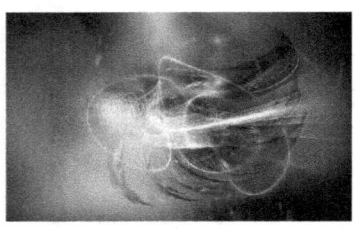

Tel est le titre du dernier ouvrage du philosophe Emile Ancian. Pourquoi ce titre ? Il ne s'agit pas véritablement d'une question existentielle mais d'une constatation, d'un rapprochement, d'une constante que l'on retrouve dans différents domaines. Ainsi, on retrouve ces notions de rotations et de déplacements en astronomie (trajectoire des planètes et étoiles), en physique corpusculaire (les objets qui se déplacent eux-mêmes constitués de particules qui tournent ou gravitent), dans le temps qui passe au rythme des saisons, en histoire au sens large (cycles historiques, économiques,...) comme à l'éternel retour des modes, des contextes,... Et même dans la vie qui évolue et est pourtant un éternel recommencement. Rotations sur soi-même ou autour de, en déplacement rotatif, cycles, ondes d'un côté, déplacement, temps, de l'autre, ondes et corpuscules, éternel retour, nous sommes perpétuellement confrontés à ces deux phénomènes, tout s'explique, selon lui, par ces deux paramètres.

On tourne en rond ou on avance ? En fait les deux en même temps. Mais avance-t-on vraiment ou cette avancée n'est-elle pas la vision parcellaire d'un autre cycle d'un niveau supérieur ?

26/11/2009

# SOCIETE – FRANCE

## A crédit et en stéréo

Dans les années 1970, c'était le temps de la pleine expansion (la fin des 30 glorieuses), de l'inflation galopante, de l'achat à crédit. Puis les temps furent plus durs, il fallait rembourser alors que la situation économique, et donc de l'emploi, battait de l'aile, le surendettement devenait galopant… Il fallait vendre d'un côté, consommer de l'autre.

Ainsi on a vu, peu à peu, les propositions de leasing se développer, associées à la mise à disposition de services. Cela a commencé avec le téléphone portable mais s'est généralisé. Le plus spectaculaire est dans le secteur automobile où la location supplante maintenant la vente. Une récente étude du CREDOC le montre nettement. L'accès à la propriété, que ce soit dans l'immobilier ou biens de consommation courante, passe par la location-vente (télévision avec abonnement à un bouquet,…). Nous voyons même apparaître des « abonnements alimentaires » où, pour une somme mensuelle constante et forfaitaire, vous pouvez disposer du « panier de la ménagère », quelque peu personnalisé, bon moyen pour fidéliser une clientèle !

Et pourtant la France reste un pays où l'épargne des ménages reste importante !? Allez comprendre…

30/11/2009

# POLITIQUE – MONDE

## La fin de l'armée conventionnelle ?

 Les Etats-Unis s'embourbent à nouveau au Moyen Orient, c'est clair. L'armée conventionnelle s'avère inefficace face à ce nouveau type de guerres. Mais quoi de plus logique : c'est la seule manière de se battre possible pour des pays ne pouvant rivaliser avec de grandes puissances ou étant occupés.

Alors ? Alors, après avoir réorienté la force militaire vers le renseignement, une nouvelle étape paraît franchie. Les USA semblent recréer des bases similaires à celles des talibans sur le territoire américain. En fait, il s'agit bel et bien d'une réorientation militaire. Une nouvelle armée est en train de se constituer dédiée à l'action « terroriste ». On y apprend à s'infiltrer, à poser des bombes, à agir par petits commandos… Si ça rappelle la Résistance en France lors de la Seconde Guerre Mondiale, cela peut s'apparenter à l'OAS, plus tard en France ou à la tentative en ce sens en Espagne contre l'ETA. Surtout que, bien évidemment, le gouvernement Américain nie l'existence même de ces camps, de cette armée. On est loin des actions de la CIA en Amérique du Sud ou ailleurs.

Est-ce le début de la fin de l'armée conventionnelle ?

01/12/2009

# SCIENCES – BIOLOGIE

## Les aimants éternels

 Nous savions déjà que le froid conserve, ne serait-ce que dans notre frigo. L'université Lomonossov de Moscou, section de biophysique, vient de mettre en évidence un phénomène étonnant. Ses chercheurs sont arrivés à la conclusion qu'un champ magnétique intense augmentait la durée de vie d'un organisme unicellulaire. En effet, soumis à divers champs magnétiques les organismes vivants avaient alors un rythme de vie ralenti donc une durée de vie plus longue lorsque soumis à des champs magnétiques plus intenses. Tout semble freiné, notamment les mutations mais aussi la reproduction.

L'explication en est difficile à donner pour l'instant. Une explication biologique est recherchée mais probablement celle-ci serait plus de nature physique. Cette mise en « hibernation » ressemble étrangement à celle conséquente à un abaissement de température. Or, nous savons par ailleurs que froid et champ magnétique sont souvent associés. « L'agitation » cellulaire (l'intensité de la vie) et corpusculaire sont liées. Alors, probablement, le champ magnétique contraint, fige, la matière.

A moins que l'explication aille au-delà : ne serait-ce pas le temps lui-même qui est alors « ralenti » ?

02/12/2009

# SOCIETE – EUROPE

## Une Europe verte

La situation de l'agriculture – et des agriculteurs - en Europe n'est pas bonne, c'est connu. Les prix des produits céréaliers dégringolent. Quant à l'élevage, le prix du lait, la pollution due à l'élevage porcin…

Pour cela, la Commission Européenne avait mis en place le principe des jachères afin de réguler la production. Jachères compensées par des indemnités sur fonds européens. Mais ne rien faire et vivre de subventions n'est pas la solution. Dorénavant, plus de jachères : les parcelles non cultivées seront consacrées à la production de bioéthanol. Et le manque à gagner (la production de bioéthanol n'est pas aussi rentable) sera compensé non pas par des subventions « gratuites » mais par un complément de rémunération lié à l'entretien du parc naturel.

Ainsi, outre leurs propres terres, les agriculteurs pourront avoir du terrain à entretenir : de la prairie, comme des bois et forêts, ou des abords herbés de chaussées ou rivières. Bref, contre compensation financière de l'Europe, les agriculteurs auront en charge l'entretien de notre parc naturel.

Souvent décriés comme pollueurs, nos paysans seront le fer de lance de l'Europe verte et notre fierté !

03/12/2009

# SCIENCES – PHYSIQUE MATHEMATIQUE

## 2 droites sont dites parallèles…

 Vous savez : 2 droites sont dites parallèles si elles n'ont aucun point commun. Voilà que cet axiome, serait remis en question ! En fait, il s'agit d'une nouvelle branche des mathématiques définie par l'Institut de Physique Théorique de Saclay. Le principe (enfin l'un d'entre eux) est qu'il existe toujours un point d'observation d'une situation géométrique et que, par exemple, 2 droites réputées comme parallèles observées d'un point à égale distance de ces 2 droites (donc entre les deux), se rejoignent à une certaine distance dépendant de celle entre ce point et la projection orthogonale du point sur les droites. Cela explique, entre autres, que, étrangement, l'observation astronomique n'avait pas révélé de corps célestes au-delà du Big Bang alors que si celui-ci avait eu lieu à un point précis, avec extension tout autour, fatalement, il devrait être observable des astres diamétralement opposés donc au-delà du point d'origine. Dans cette hypothèse, la théorie du Big Bang peut alors se concilier avec la notion d'univers statique puisque tout ce qui est éloigné (dans l'espace et le temps) doit sembler se rejoindre.

Les artistes peintres ont enfin leur revanche : voilà que le point de fuite devient une « réalité » !!!

11/12/2009

# ECONOMIE – FRANCE

## Emballer, c'est peser !

Probablement vous êtes-vous posé la question des coûts relatifs d'un produit et de son emballage. En effet, surtout pour ce qui concerne des produits courants et peu chers, tels que l'eau en bouteille, le sel,… il est à se demander si l'emballage ne coûte pas plus cher que le contenu, que ce qui est emballé. Sans compter qu'en soi, cet emballage semble « inutile » puisque ce n'est pas lui que nous désirons acquérir lorsque nous achetons, mais bel et bien le produit lui-même. Et en plus, souvent, cet emballage est source de pollution plus que le contenu.

Alors ? Alors le choix qui sera proposé à la Commission Européenne est de taxer différemment produit et emballage : 5,5% pour le produit, 19,6% pour l'emballage. A noter une différenciation possible selon le degré de « polluabilité » de l'emballage et aussi son poids (évidemment puisque cela influe alors sur le coût du transport donc sur la pollution). Nous risquons de voir se développer alors le système de recharges, de ventes en quantité…

Et donc peut-être les bouteilles à étoiles comme au bon vieux temps ! Vingt Diou, faut penser à reprendre du pinard à la tirette !

12/12/2009

# SOCIETE – EDUCATION

## Comme au Canada

 Qu'est-ce que c'est pénible de devoir, au pied levé, trouver une solution de garde de son enfant parce que l'enseignant est absent et non remplacé ! Et lorsque l'absence se prolonge, c'est alors du retard pris dans l'éducation, une coupure du rythme de travail de l'enfant… Surtout que la tendance irait vers une réduction drastique du nombre des remplaçants.

La solution qu'expérimente actuellement le Ministère de l'Education Nationale est inspirée du modèle Canadien. Il s'agit de faire appel aux enseignants retraités. Le principe est simple : les enseignants à la retraite - et volontaires - s'inscrivent sur une liste. Lorsque besoin, l'Inspection Académique ou le Rectorat  contacte, selon lniveau, discipline et lieu géographique, ces enseignants « de réserve » pour leur proposer le remplacement. Ils sont libres d'accepter ou de refuser. Ils sont alors rémunérés comme enseignants actifs. Il s'avère qu'au final, le coût de cette solution est nettement moindre que de devoir payer du personnel à plein temps pour ne pallier qu'aux pointes d'absentéisme.

Mais non, ils ne remplaceront pas les enseignants grévistes !

13/12/2009

# SOCIETE – PSYCHOLOGIE

## Double Je

 D'après une étude récente, le nombre de cas de schizophrénie serait en très forte hausse dans le monde mais essentiellement dans les pays développés. En fait, plus que de schizophrénie, il serait préférable de parler de troubles dissociatifs avec personnalités multiples. Après études cliniques, la cause, outre une fragilité latente du patient, serait liée au développement de l'utilisation du support Internet, du virtuel. Que ce soit par les jeux vidéo que les messageries, sites d'échanges, de simulation, réseaux sociaux, voire blogs, textos, « l'abus nuit gravement à la santé ». Facebook, Meetic,… pour ne citer qu'eux, amènent certains individus à une addiction, à l'utilisation, au travers d'un « pseudo », d'un personnage autre qu'eux-mêmes. Ce moyen semble faciliter l'émergence, l'expression, d'un « moi » refoulé, où les barrières sociales, morales, culturelles, n'ont plus la force de contrôle du monde réel. Les instincts les plus « bas » trouvent alors moyen d'expression offrant une liberté impossible dans notre monde. Le danger vient alors d'une coupure du monde réel, accompagnée d'une « associalisation », de comportements dangereux pour la personne comme pour son entourage.

« bonjour, c'est mister Hyde, comment vas-tu ? »…

17/12/2009

# SOCIETE – FRANCE

## Jacques Martin, ce célèbre inconnu…

 Vous vous appelez Jacques Martin, comme ce célèbre ancien animateur de télévision. Mais heureusement (si on peut dire), celui-ci n'est plus de ce monde donc aucune confusion possible. Mais peut-être portez-vous le nom d'une personne célèbre d'aujourd'hui… Cela est désormais impossible pour nos bambins qui viennent de naître. En effet, l'ensemble nom, prénom est devenu propriété privée, comme un droit d'auteur, d'invention ou propriété industrielle. Ainsi, dès la déclaration de naissance faite, il y a saisie des nom, prénom qui est instantanément vérifiée et comparée dans une base de données des noms, prénoms déjà portés par des personnes vivantes. Et si ce nom, prénom existe déjà, on vous demande alors de bien vouloir donner un autre prénom. Alors, lorsque non déjà pris, la base s'enrichit de ce nouveau venu et personne, par la suite, ne pourra prétendre à ce nom, prénom. Votre enfant sera, par exemple, le seul Enzo Lefèvre en France et ce jusqu'à sa mort ! Evidemment, cela ne concerne que la France et peut-être y aura-t-il un autre Enzo Lefèvre au Canada, en Belgique ou ailleurs. De plus, quelques tolérances sont admises suite à d'éventuelles naturalisations.

Rassurez-vous : vous pourrez toujours appeler votre chien Rex ou votre chat Minou !...

21/12/2009

# TECHNOLOGIE – LOISIRS

## Elle peut maintenant faire sa bêcheuse...

 Le jardin, c'est bien. Pouvoir manger ses propres légumes avec fierté, sûr qu'ils ne sont pas traités, quel régal !... Mais cela n'est pas sans peine. Car, avant tout, il faut retourner la terre, et là, c'est une autre paire de manches !!! Bien sûr, il y a le motoculteur, la motobineuse... Mais à quoi bon un si gros investissement, un stockage encombrant, pour un si petit lopin de terre ?

Alors, il y a maintenant la véritable motobêche ! Rien à voir avec la motobineuse qui « roule » sur le sol et ne retourne pas en profondeur. Là, il s'agit vraiment d'une bêche. La seule différence est qu'elle rentre toute seule dans le sol par un système se rapprochant du marteau piqueur. Un amortisseur est prévu afin que vous ne sentiez pas les vibrations dans le manche que vous tenez et un ensemble de deux plaques cisaillantes permet de venir à bout des petites racines, comme dans un taille-haie. Oh bien sûr, il faut alors toujours lever et retourner mais la pénibilité de l'enfoncement est supprimée. L'alimentation est électrique afin d'éviter l'encombrement et le soulèvement d'un réservoir. Bref, que du plaisir !

A quand le plantoir électrique pour les jardiniers du dimanche ?

22/12/2009

46

# SOCIETE – FRANCE

## Un permis au point

Le permis de conduire restait le seul document « papier » comme au bon vieux temps… Mais voilà que c'est terminé ! Le Ministre des Transports vient de présenter le nouveau permis de conduire. En fait, le dépliant papier fait place maintenant à une carte comme la carte Vitale … Cette nouvelle version a un double avantage. Outre le fait qu'elle soit moins encombrante que le permis classique, elle est dotée d'une puce mémorisant – ou pouvant accéder aux informations concernant – les retraits de points. Mais aussi et surtout, il s'agit d'un contrôle complémentaire permettant le démarrage d'un véhicule. En effet, parallèlement, a été mis au point un appareil qui, après lecture de cette carte, devrait permettre ou non le démarrage d'un véhicule. Deux préoccupations ont été à l'origine de ce lecteur : empêcher de rouler sans permis et être une protection supplémentaire contre le vol puisque le conducteur, par introduction de sa carte, est mémorisé. Les futurs véhicules devront en être équipés et l'équipement rétroactif donnera lieu à réduction de coût d'assurance. A noter que la mise à jour du permis (points) se fait via le satellite, par liaison type GPS.

Et oui : et qu'est-ce qui nous dit qu'on ne vous surveillera pas alors dans vos déplacements ? Big Brother n'est pas loin !!!

28/12/2009

# ECONOMIE – FRANCE

## Et la télé, cadeau !

 Décidément, Free fait fort !... Après avoir intégré le téléphone gratuit, puis la télé, à son offre d'accès Internet, d'avoir même songé à la diffusion sur plusieurs téléviseurs pour un même abonné, ce qui, soit dit en passant, était une frustration sans nom, voilà que Free nous propose le téléviseur gratuit ou presque !

En téléphonie mobile déjà, en prenant un abonnement, vous pouviez avoir le mobile à un prix très faible (parfois 1€). Sans cette possibilité, l'IPhone de Apple n'aurait pas connu le succès que l'on sait. Et bien là, et de la même manière, contre un abonnement au pack Internet + téléphone + télé, vous pouvez avoir un téléviseur à disposition pour 1€ seulement pour le modèle de base, un peu plus ensuite selon le modèle choisi.

Evidemment, le poste en question est alors bridé car il intègre le décodeur et n'est donc pas utilisable autrement que par liaison Internet Free, sauf pour DVD. Cet effort commercial résulte du fait que les autres F.A.I. avaient déjà dû s'aligner sur les avantages de Free et qu'il fallait qu'Iliade reprenne de l'avance.

Il faudra dire à Free que nous avons besoin de plusieurs postes à la maison : il faut être cohérent !

19/01/2010

# TECHNOLOGIE – FRANCE

## La fin d'une époque

 L'image de nos villages, depuis les années 1960, était faite d'antennes râteaux, vous vous souvenez peut-être… et nos cités d'immeubles couverts de paraboles depuis les années 1980.

Etonnamment, celles-ci vieillissent et même, peu à peu, disparaissent. Quelle est l'origine de ce phénomène ?

En fait, depuis les années 2000, l'usage d'Internet se développe et se généralise. A cela sont fortement associées deux autres technologies : le téléphone et la télévision. L'ADSL est maintenant quasiment partout et nos émissions préférées (et les autres aussi hélas) transitent dorénavant via le réseau téléphonique voire la fibre. Ainsi, plus besoin d'antennes râteaux et de paraboles, disgracieuses pour nos charmantes maisons. Il est peut-être à regretter le développement de la TNT (Télévision Numérique Terrestre) voulu par l'Etat et qui n'a plus lieu d'être : ça aura été, encore une fois, une nouvelle opération « Minitel », une branche technologique sans avenir voulue par nos gouvernants.

Plus de cabines téléphoniques, plus d'antennes sur les toits, et à quoi donc va servir notre Tour Eiffel ? Décidément, c'est la fin d'une époque !!!

20/01/2010

49

# TECHNOLOGIE - MEDIAS

## Des cartes mémoire qui vont détrôner les CD et DVD

 Vous connaissez ces petites cartes qui servent à stocker les photos dans les appareils photos numériques ou dans les téléphones portables… De petits rectangles de plastiques, plats, avec les lamelles métalliques. Elles ont des noms barbares tels que Micro SD ou SDHC et SDXC ou XD, CF,… Et elles peuvent stocker entre 1 Go à 2To de données. Et les prix chutent considérablement. Et, pour écouter de la musique, les lecteurs de CD ont fait place aux lecteurs MP3. Alors quoi de plus logique que Sony, en collaboration avec les Majors, notamment Virgin, envisage le remplacement du CD – et bientôt du DVD – par ces petites cartes. 15 chansons, en MP3, tiennent à peine 70Mo. La solution technologique est alors hyper simple et fort peu coûteuse. Et pour un film, il faudra compter à peine 1Go : des broutilles !

Vous trouverez dorénavant dans les bacs de grosses boîtes contenant une ridicule petite carte mémoire à insérer dans votre téléphone ou lecteur MP3, et même dans votre chaîne stéréo de salon qui dispose maintenant d'un lecteur de carte intégré.

Assiste-t-on à la mort du CD et du DVD, comme on a assisté à celles de la K7 audio et vidéo et du disque vinyle ?...

01/02/2010

# POLITIQUE – FRANCE

## Le bagne de Cayenne est de retour

 Stop à l'immigration, tel est le mot d'ordre aujourd'hui ! Il s'agit plus d'une immigration économique que politique. Mais le gouvernement se trouve confronté aussi, à de nombreuses demandes d'asile politique qu'il ne peut décemment refuser.

La « solution » vient d'être trouvée. En fait, la France vient de passer un accord avec certains pays, surtout d'Afrique, dont par exemple le Sénégal, pour que ceux-ci acceptent la venue d'immigrés ayant demandé l'asile politique à la France. Ainsi, lorsque quelqu'un le demande, alors qu'il est déjà sur le territoire français, on lui propose fermement de lui offrir un aller simple pour un de ces pays qui ne sont pas en guerre et assez tolérants pour accueillir des personnes dont les différents politiques ne touchent pas le pays d'accueil. Bref, imparable ! En échange, le pays d'accueil reçoit une indemnisation par l'Etat français.

Mieux, il est à l'étude, mais cela pose encore des problèmes juridiques, d'envoyer les nouveaux venus en Guyane, département français, mais sans possibilité de déplacements hors de ce territoire.

Va-t-on-leur mettre entraves aux pieds comme au bon vieux temps ?

07/02/2010

51

# SOCIETE – FRANCE

## Et vive le spectacle !

 La tentative de régulation par la Loi a échoué. Les internautes ont très vite appris à détourner l'interdiction. Le téléchargement de musiques et vidéos, après une légère baisse, a repris de plus belle et la Loi a montré sa limite et son inefficacité. Alors, cela a-t-il été la fin des chansons, des artistes, des films ? Non, bien entendu. Le marché trouve toujours des solutions. Les seules véritables victimes sont en fait les majors « institutionnels », les firmes et producteurs car la commercialisation de supports individuels a entamé une chute vertigineuse. Après la fin des vinyles, CD et DVD, du téléchargement payant, c'est tout simplement le spectacle qui a pris le dessus. Et oui, comme pour les pièces de théâtre, l'artiste vit maintenant presqu'exclusivement de la scène ! Et ça marche ! Les enregistrements ne sont devenus maintenant que des moyens publicitaires pour faire connaître un artiste, pour inciter à aller à son spectacle. Et si les CD ou DVD existent encore, c'est par un accompagnement en texte et photos, comme un livre… Sinon, on trouve maintenant le téléchargement gratuit sur le site même de l'artiste avec incitation à aller le voir sur scène.

Ah, Internet, lorsqu'il permet les sorties en réel, c'est tellement mieux !

26/02/2010

52

# ECONOMIE – MONDE

## La dévaluation comme moyen de reprise

 On se plaint régulièrement de la sous-évaluation du Yuan qui rend les produits chinois extrêmement compétitifs. Idem pour le dollar américain. Et, à côté de ça, l'économie européenne s'épuise à cause de l'Euro fort. Une économie forte correspond à une monnaie forte. Alors ? Où est l'erreur ?
La solution est donnée par un récent article de « The economist » de Ronald Burton. Il y compare l'économie à une voiture, et la valeur de la monnaie au rapport de vitesses. Ainsi, pour démarrer l'économie, mieux vaut passer en 1$^{ère}$ (faible valeur de la monnaie) puis lorsque l'économie démarre véritablement, passer en 2$^{ème}$, 3$^{ème}$… (augmenter la valeur de la monnaie, la réévaluer) pour arriver, lorsque l'économie fonctionne à plein, en 5$^{ème}$, avec une monnaie forte accompagnant une économie robuste.

De la même manière, en sens inverse, lorsque l'économie s'essouffle, il est alors nécessaire de rétrograder, de dévaluer, momentanément, le temps de reprendre du tonus, plutôt que de brouter… C'est ce que les économies occidentales ne font pas…

Alors à quand un euro plus faible, plus compétitif, face à la Chine, aux Etats-Unis et autres pays émergents ?

12/03/2010

# ECONOMIE – MONDE

## Le domino européen

 Il y a quelques temps, c'était la Grèce, puis ce fût le Portugal, l'Espagne, et voilà que l'Italie donne des signes de faiblesse devant les assauts des spéculateurs. On pensait la chose impossible pour des Etats, et bien il faut se rendre à l'évidence, l'un après l'autre, comme des dominos, les pays du sud de l'Europe arrivent quasiment à l'état de faillite. Et la caution de l'Europe, si elle a permis de ralentir le phénomène, ne l'a pas stoppé. Et l'Europe a dû, d'urgence, faire une lecture tirée par les cheveux de sa constitution, pour venir en aide aux économies nationales malmenées.

Mais cela a deux conséquences fâcheuses fortes : d'une part, on parle de plus en plus du décrochage de ces pays de la zone euro pour éviter la propagation, d'autre part un phénomène de quasi xénophobie des pays du nord de l'Europe envers ceux du sud. Ce phénomène a vraiment vu le jour, en Italie où il était latent, de longue date, entre le nord de l'Italie (la Lombardie) et le sud (Sicile…). Cela sert de terreau au développement des partis d'extrême droite dans l'Europe du nord au point que la situation est estimée dangereuse par le Parlement Européen.

Irait-on vers une guerre de sécession des nouveaux Etats-Unis d'Europe ?

15/03/2010

# TECHNOLOGIE – MUSIQUE

## En avant la musique !

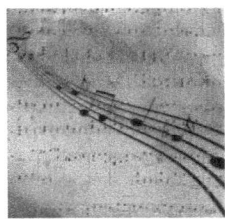

Alors que nous pouvons avoir une âme d'artiste, de compositeur, quelle galère de devoir maîtriser l'écriture musicale ! Comment traduire cet air que l'on a dans la tête, ou dans notre instrument préféré, cet air inconnu, cette nouveauté, pour pouvoir ne pas le perdre et même le diffuser alors que nous n'y connaissons quasiment rien aux notes, dièses, et autres codages du mystérieux langage de l'écriture musicale ? Et bien maintenant, c'est possible !

Certes, il existe des OCR pour documents papier, reconnaissance de caractères, musicaux même. Mais là, cela va bien au-delà : avec le nouveau logiciel Soundonpaper créé par NoteHeads AB, vous disposez alors d'un système enregistrant votre musique (enregistrement sonore) et la traduisant en une partition, avec notes et tout et tout ! Bien évidemment, vous pouvez ensuite – mais cela était déjà réalisable par d'autres logiciels – réécouter, en format midi, votre partition « papier » et la traduire selon différentes simulations instrumentales ! Et modifier à volonté ensuite votre partition ainsi créée (éditeur).

Lalalalalalalalalalalalalalala… Bon, c'était l'hymne à la Joie mais avec ma machine à traduire personnelle.

02/04/2010

# TECHNOLOGIE – PHOTO

## Et voici la photo 3D !

Voilà maintenant quelques temps que les appareils photo numériques ont remplacé ceux fonctionnant avec pellicules argentiques. Ces derniers sont devenus actuellement les instruments d'artistes…

Sont apparus les premiers films 3D, les premières projections, en salles de cinémas. Pour cela, un nouvel appareillage, nouvelles caméras, en permettant la prise de vues.

Ces nouvelles caméras sont caractérisées par la présence de 2 objectifs. Nous ne parlons plus de l'œil de la caméra, mais des yeux, d'ailleurs ressemblant étrangement à la paire d'yeux d'un être humain.

Alors, voici qu'apparaît sur le marché le premier appareil photo numérique 3D produit par Samsung. Comme pour la caméra du même type, il se caractérise par la présence de deux objectifs et un rendu qui ne peut être correctement perçu que par l'utilisation de lunettes 3D, soit sur écran, soit même sur papier, et c'est là que le miracle technologique est fort. Le résultat est surprenant de réalisme et de profondeur.

A quand l'obligation de ce type de photo pour les papiers d'identité ?

05/04/2010

# SOCIETE – FRANCE

# Par Toutatix !

Depuis quelques temps déjà, nous assistions à la prolifération du sanglier. Cet animal, ce cochon sauvage, pullule dans nos campagnes, détruisant les récoltes. Ce n'est donc pas une espèce en voie de disparition, bien au contraire ! Nous pouvions trouver, régulièrement, sur les étals des bouchers charcutiers, ce met, mais de manière encore relativement discrète il y a peu.

Mais voilà qu'il semble revenir de mode et devenir la caractéristique, le plat d'honneur, des festivités courantes de famille ou entre amis, voire des fêtes de quartiers. C'est d'ailleurs par-là que ça a commencé : bon nombre de municipalités organisent de plus en plus de « fêtes de quartier » et, outre l'option « plats de tous pays » apparaît la « fête gauloise », à la manière du village d'irréductibles gaulois. Alors, quoi de plus naturel d'avoir le sanglier en plat de résistance ! Surtout que l'offre étant supérieur à la demande, c'est une viande qui s'avère très avantageuse financièrement.

Et donc, peu à peu, cette nouvelle tradition s'est installée et développée aux autres repas festifs.

Copains comme cochon vous dis-je !

06/04/2010

# TECHNOLOGIE – VISION

## Des lunettes de style, c'est mieux !

 De plus en plus, les films qui sortent en salle sont en 3D. A l'entrée, on vous fournit, moyennant finance évidemment, de grosses lunettes inesthétiques…

Et les écrans de télévisions 3D, maintenant se généralisent. Alors imaginez : chacun devant le petit écran, avec sa grosse paire de lunettes : affreux !!

Cela a donné l'idée, à Afflelou, de sortir les premières lunettes 3D offertes et, cette fois-ci, fines, élégants, bref, de vraies lunettes, indifférentiables des paires de lunettes classiques, un peu à la manière des lunettes de soleil, avec grand choix dans les montures !

Et vont bientôt sortir les lunettes 3D correctrices, c'est-à-dire adaptées à la vue de la personne. Cela manquait car les lunettes de cinéma sont actuellement difficilement compatibles en addition à une paire de lunettes de vue, vous le comprenez aisément !

Bref, vous aurez droit à vos 2 paires : de vue normale, et de vue mais « soleil » ou en 3D…

Classe, vous dis-je, classe !

07/04/2010

# POLITIQUE – FRANCE

## C'est Nâdiya qui va être contente !

Pour la 3<sup>ème</sup> année, c'est tenu le Forum national du Politique. C'est devenu une institution, le Salon où l'on cause, où l'on se rencontre,.... Imaginez, 25 des 33 partis politiques tiennent stands, à la manière des associations comme dans les nombreux « forums des associations » qui fleurissent dans nos villes et villages. Et l'on discute…

C'est dans ce cadre que les différentes formations centristes ont échangé, librement. Et il semble qu'il s'en dégage une nouvelle entité politique – c'est plutôt à la mode – qui, enfin, regroupe la myriade de partis politiques centristes. D'habitude, chacun voulait rassembler, mais autour de lui et donc ça ne marchait pas, évidemment. Là, à la manière de l'Europe, il s'agit plus d'une véritable fédération, avec un directoire à sa tête. Et alors qu'était associé au Centre, le mot « mou », là, le nom choisi montre plus de fermeté : c'est le ROC, Rassemblement des Organisations Centristes. Ils ont même un « hymne », la chanson de Nâdiya « ROC », dynamique, entraînante,…

Espérons pour eux que ce ROC soit plus qu'un grain de sable…

20/04/2010

# TECHNOLOGIE – INFORMATIQUE

## A la main ou au clavier ?

Heureusement, les exemples sont encore multiples où l'écriture manuscrite perdure malgré nos ordinateurs et traitements de texte… lettre de motivation, personnelle, mot manuscrit pour personnaliser une invitation…

Mais voilà que le coup de grâce semble donné à la plume : la société française Signascript, spécialisée dans les « machines à signer », a mis au point un logiciel fonctionnant à l'aide d'un scanner, qui génère VOTRE police de caractères, à partir de votre écriture ! Le principe en est assez simple : le logiciel vous demande d'écrire, sur une feuille de papier, un petit paragraphe qui reprend tous les caractères existants, des lettres (minuscules, majuscules) aux chiffres, en passant par les signes de ponctuation, les caractères spéciaux, etc. Puis de le numériser. Alors, par un système type OCR, à chaque caractère est associé votre tracé graphique. Et le tour est joué ou presque. Il faut ensuite assurer une bonne liaison des caractères, « lisser » tout ça et vous pouvez alors, taper votre texte au clavier, sur traitement de texte ou autre, et le voir s'afficher comme si vous l'aviez écrit à la main !

Bon, ce n'est pas parfait mais plutôt bluffant quand même.

03/05/2010

# ECONOMIE – FRANCE

## Les nouvelles Glorieuses

 Vous avez entendu parler, des « 30 Glorieuses » ? La fameuse époque d'après-guerre jusqu'au premier « choc pétrolier » où nous connaissions un développement économique fort…

Et puis ce fût la période sombre, avec les crises pétrolières, financières, économiques, sociales. Pas drôle, triste, difficile… Mais voilà qu'enfin, c'est reparti, à en croire les économistes. Nous le constatons effectivement tous les jours. Et ce, depuis qu'enfin l'Europe s'est décidé – mais sous la contrainte des marchés – à dévaluer officiellement l'Euro. Il faut dire que c'était ça où le chaos. Même les politiques se sont rendu compte du risque que cela constituait pour les démocraties occidentales, dont les peuples poussaient aux extrêmes, où les rapports entre états devenaient tendus pour ne pas dire conflictuels. Et depuis, la machine chauffe ! C'est un nouveau boom économique, des exportations en forte hausse, une aubaine pour les énergies renouvelables locales, les européens qui achètent européen (car relativement moins cher), un taux de chômage en dégringolade, et donc les problèmes de Sécurité Sociale et retraite qui disparaissent d'eux-mêmes !!!

Elle est pas belle, la vie ?

05/05/2010

# POLITIQUE – EUROPE

## La peste noire menace en Europe

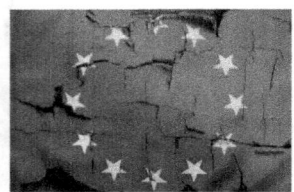 On croyait que c'était de l'histoire ancienne, que l'Europe avait compris, que les dictatures n'étaient maintenant que pour les pays en voie de développement. Et bien la menace existe bel et bien en Europe !

La progression en fût classique : économie à l'agonie, chômage, impuissance des pouvoirs publics, déficits budgétaires, baisse du niveau de vie, forte diminution des avantages sociaux, grèves, manifestations, violence,… Armée, dictature… Et ce sont les pays du sud de l'Europe qui, un à un, tombent dans une nouvelle force de fascisme. D'abord la Grèce – qui avait déjà connu ce type de régime des colonels – puis le Portugal, et c'est aujourd'hui au tour de l'Espagne et de l'Italie d'être ainsi menacés, et ce avec la bénédiction à peine voilée des pays du Nord qui voient là le plus sûr moyen de permettre un redressement économique du Sud et ainsi assurer la récupération des sommes versées. Mais aussi rejet du Sud par le Nord. L'Europe est soumise actuellement à fortes tensions et il n'est pas impossible que cette crise de croissance aboutisse à une Europe confédérale regroupant plusieurs Europe fédérales.

Espérons qu'à la manière de la naissance des Etats-Unis d'Amérique, l'Europe ne connaisse pas une guerre de sécession !

06/05/2010

# SOCIETE – FRANCE

## Mur végétal anti tag

 Certes, parfois, les réalisations sont belles, mais avouez franchement que, pour la plupart, les tags sur les murs dégradent l'environnement visuel. Prenez donc un train de banlieue sur Paris et vous verrez !

RFF avait tout essayé mais en vain.

Quoique…

La solution semble enfin trouvée par une Société qui est partie sur une simple constatation. Il s'agit de faire des murs végétaux, tout simplement !

Et oui, il fallait y penser : là où du lierre couvrent les murs, point de tags.

Alors, comme les plaques de gazon pré-cultivées, voilà les murs de lierre ! Il suffit de les poser, bacs de terre protégés, quelques agrafes murales et le tour est joué. Le lierre est le plus courant mais d'autres espèces végétales sont possibles.

Et, en plus, c'est écologique, donc dans l'air du temps. Bon, il est aussi possible d'opter pour du lierre artificiel…

Verra-t-on un jour nos trains de banlieue couvert de feuillage ?

14/06/2010

# POLITIQUE – FRANCE

## Des Primaires comme aux US

 Nous avons l'habitude de suivre les « Primaires » aux USA : dans l'année qui précède les élections, aux USA, les partis politiques (Républicains, Démocrates) organisent une consultation pour définir qui sera leur candidat à la Présidence.

En France, le mouvement a été initié par le parti Socialiste. Mais voilà que l'idée est maintenant reprise et généralisée.

En effet, que ce soit maintenant à Gauche, à Droite, mais même au Centre, à l'extrême Droite et l'extrême Gauche, et vu notre mode de scrutin, cette procédure se généralise, surtout que nous sommes passés maître dans l'éparpillement des partis.

Ceux-ci ont enfin compris, malgré les égos de chacun, qu'il n'y avait d'autres méthodes pour arriver au pouvoir. Certes, il reste tout de même quelques candidats exotiques mais le nombre de candidatures aux Présidentielles est maintenant passé d'une quinzaine à une petite dizaine, l'écho médiatique recherché étant, lui, obtenu justement lors de ces Primaires quasi institutionnalisées.

Bon, je ne vous dis pas les tractations internes ensuite !...

05/06/2010

# SOCIETE – FRANCE

## Une maison de retraite

 Nombre de ceux qui, financièrement, en ont la possibilité, le faisaient déjà, mais voilà qu'une retraite complémentaire l'institutionnalise :

Plutôt que d'assurer un complément de pension mensuel ou trimestriel, Allianz propose désormais la possibilité, une fois l'âge de la retraite atteinte, de bénéficier d'une habitation, soit pour une occupation gratuite afin de ne plus à avoir à payer de loyer, soit – et c'est l'intérêt essentiel et le but – de louer cette habitation afin d'en percevoir ainsi les loyers, constituant alors le montant de cette pension complémentaire.

Et surtout, l'Etat met alors en place un système d'avantages fiscaux incitatif pour ce dernier cas de figure.

C'est, pour l'instant, une simple expérimentation mais le Gouvernement compte bien utiliser ce moyen pour l'intégrer dans la réforme toujours en cours, de la gestion des retraites. Cela permettra, en outre, de développer ainsi le parc locatif toujours déficient.

Bon, on aurait pu penser aussi à un capital en actions mais ça risquait de mal passer…

16/06/2010

# ECONOMIE – FRANCE

## Toute la rue est à nous !

 Il existait déjà des rues créées uniquement pour le commerce, comme à Disney Village pour la mode, à Lille, ou aux USA. Mais là, le système est poussé jusqu'au bout : près de Lyon vient d'être ouvert le premier Centre Commercial géant qui ne soit plus un hyper-marché. C'est une rue, uniquement commerciale, où toutes les boutiques, certes sont spécialisées (boucherie, boulangerie, poissonnerie, maraîcher, vêtements, droguerie, épicerie,…) mais appartiennent toutes au groupe Carrefour ! C'est une nouvelle adaptation de ce groupe qui, déjà, avait opté pour les supérettes Carrefour Market.

Cette configuration résout bien des problèmes : Il est possible de racheter des commerces qui périclitent sur une rue si l'on ne dispose pas d'une surface de construction suffisamment grande, les autorisations d'ouvertures sont beaucoup moins contraignantes et détournent les limites de surfaces, permettant ainsi une implantation quasi n'importe où. Cela permet en outre de retrouver un caractère humain et familier à la grande distribution. Les caisses sont simplement réparties par boutiques.

Bref, on peut y retrouver nos commerces d'antan !... et on redonne vie aux centres villes ! Mais au fait, pour les caddies ?...

17/06/2010

# TECHNOLOGIE

## C'était téléphoné d'avance !

Il fallait s'en douter : avec le développement des téléphones portables, de plus en plus sophistiqués, se rapprochant toujours plus des ordinateurs, avec leur gestion et applications informatiques, voilà les premiers virus téléphoniques qui apparaissent !

Mais ce ne sont pas les I-phones ou IPad qui ont été les premières victimes : les produits Apple sont réputés pour être difficile d'accès, mais les produits utilisant Windows Mobile.

Evidemment, point de transmission de virus via les échanges purement téléphoniques. Les connexions Internet et messageries étant maintenant généralisées, c'est par ce biais-là, comme pour les PC, que les nouveaux virus se propagent. Et si les premiers étaient bénins, il commence à en apparaître de plus dangereux pour le bon fonctionnement de vos portables. Mieux : le dernier paru est maintenant transmissible en utilisant les SMS, les fameux textos qui deviennent l'usage majoritaire des téléphones modulaires. Norton commence à peine à se préoccuper de ce phénomène et diffusera bientôt un antidote. Bref, le premier antivirus pour téléphone portable.

Vous avez demandé l'antivirus, ne quitter pas…

18/06/2010

67

# SCIENCES

## Je donne ma langue au chat

 Il miaule, et vous lui parlez… Souvent, on se dit « s'il pouvait parler !... » mais que des miaulements ou ronronnements en réponses.

Le comportementaliste anglais Michael Fox avait cerné, dans le langage du chat, 16 sons différents revenant régulièrement.

Mais, depuis, il s'est intéressé plus particulièrement aux divers mouvements du chat et a remarqué les nombreux mouvements de queue.

Il a donc, de même, établi une typologie laissant apparaître, semble-t-il, des éléments de communication bien distincts.

De là à parler d'un langage par mouvements de queue, bref, une sorte de langage des signes, pour communiquer…

Il met au point, actuellement, une correspondance entre langage humain et langage « chat » qui devrait aboutir à une machine qui permettrait de mieux communiquer avec le chat. Les progrès de la technologie permettent, par prise vidéo, cette « traduction ». Et il étudie, parallèlement, le cas d'autres espèces animales qui utiliseraient ce même moyen de communication.

Mais peut-être que l'homme aussi…

25/06/2010

# TECHNOLOGIE

## C'est magique !

Harry Potter a été un succès de librairie et aussi de cinéma. Et vous vous souvenez sûrement de ces livres (dans les films) où les illustrations s'animaient.

Et bien Gallimard vient de transférer les titres de sa collection Harry Potter sur IPad. En soi, rien de bien spécial, non ? Ce n'est qu'une mise en I-book !?

Et bien si. En fait, dans la version numérique, y sont intégrées des illustrations animées, comme dans la version cinématographique. Il suffit de passer le doigt dessus et ça bouge ! Magique (ou presque) !!!

C'est là une véritable utilisation des potentialités offertes par la version IPad qui en fait un produit exceptionnel, que ce soit pour l'appareil ou pour le roman. Et cela fait un tabac ! Rapidement généralisé pour d'autres tablettes ou liseuses…

Il est maintenant question de développer cet aspect pour les romans photos et les bandes dessinées : s'il n'y aura pas d'animations, il suffira de passer sur les bulles de paroles pour véritablement entendre ce qui est dit, avec les voix appropriées.

Bref, ça bouge dans l'édition…

28/06/2010

# SOCIETE – FRANCE

## 2 ans de vacances

 Rien à voir avec le fameux roman. En fait, il s'agit d'une option de retraite complémentaire, toujours du groupe Allianz, inspirée du principe du compte épargne temps. Là, ce n'est pas du temps « économisé », placé, pour permettre, en fin de carrière, de gagner quelques mois sur le moment de départ à la retraite, mais bel et bien d'une cotisation à une retraite complémentaire qui vous paiera un certain nombres de trimestres en fin de carrière, toujours dans cette optique de pouvoir partir plus tôt à la retraite.

Mais le montage est poussé plus loin : en fait, durant ces derniers mois, vous ne percevez pas une pension complémentaire (puisque vous n'êtes pas en retraite officiellement) mais un salaire, incluant d'ailleurs aussi les cotisations retraites, sociales et autres, mais d'un montant inférieur correspondant à ce que vous toucherez effectivement à la retraite. Et cela, évidemment, sans travailler !!! Bref, vous êtes salariés à ne rien faire. Et vous pouvez ainsi « partir en retraite », dans les faits même si non officiellement, jusqu'à 2 ans avant votre retraite véritable.

Vous avez dit « emploi fictif » ?

01/07/2010

# SOCIETE

## Des glaces à consommer avec modération

Par temps de canicule, une bonne glace, qu'est-ce que c'est bon !...

Vanille, fraise, chocolat, pistache, mais aussi, maintenant, whisky coca, vodka orange, gin fizz, pastis,…!!!

Et oui, c'est maintenant au point. Après les canettes de boissons sodas mais contenant tout juste d'alcool pour ne pas être considérées comme boissons alcoolisées, voici maintenant les glaces légèrement alcoolisées.

Toujours le même principe : pourcentage d'alcool inférieur à la norme des boissons dites alcoolisées, donc inattaquable. Cela se présente sous forme de cornets, d'esquimaux et même en vrac ! Les premières glaces alcoolisées apparaissent donc sur le marché. Les problèmes techniques pour leur mise au point ont été résolus et il s'agit en fait de cocktails, de mélanges, associant sodas et alcools forts. Pour être classe, et pour ces dames, il paraît qu'il y aura bientôt sur le marché des glaces au champagne.

Et qui sait, peut-être un jour des glaces avec des bulles de fumée de tabac emprisonnées ?!

06/07/2010

# POLITIQUE – EUROPE

## Une épidémie indépendantiste

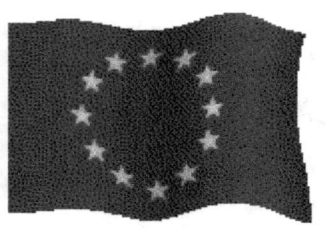 Nous assistons actuellement à un mouvement étrange : d'un côté une union européenne toujours plus prégnante, de l'autre une profusion de velléités d'indépendance : Wallonie et Flandre en Belgique, Corse, Pays Basque, Bretagne, Ligue du Nord en Italie (Lombardie), catalogne espagnole, fortes tension dans les DOM-TOM qui après la Nouvelle Calédonie, veulent toujours plus d'indépendance, Alsace-Lorraine même, par le statut particulier, depuis Napoléon, et le balancement régulier entre la France et l'Allemagne, et même l'Occitanie, en France, plus timidement.

En fait, ces divers mouvements existaient déjà mais se traduisent actuellement par une tendance à la radicalité. A cela 3 explications semble-t-il : la langue : affirmation d'une langue locale et la culture correspondante, le développement économique : les régions riches ne veulent plus payer pour les régions plus pauvres, une Europe qui, sensiblement, passe d'une Europe des nations à une Europe des régions.

Évidemment, les régions plus pauvres, elles, ne souhaitent pas d'indépendance et le mouvement est moins prononcé là où existe déjà une forte structure régionale.

03/08/2010

# POLITIQUE – MONDE

## Les Casques Rouges arrivent !

 Ca y est, c'est acté : une « armée » de casques rouges va enfin voir le jour ! Après l'appel de 2010, suite au séisme d'Haïti, du Président Haïtien et d'une ancienne ministre française, l'ONU a enfin voté la création d'une force humanitaire, d'un corps spécifique de Casques Rouges.

Depuis quelques temps, conséquence du réchauffement climatique, les catastrophes naturelles se sont multipliées. Souvent, elles touchent des contrées pauvres ne disposant pas des moyens technologiques et financiers pour faire face.

Elle aura pour rôle d'assurer la première intervention, qui devra donc être ultra rapide, puis la coordination des organismes humanitaires et autres ONG, enfin veillera à faire la police pour éviter les pillages et superviser, en coordination avec l'Etat concerné, le suivi de l'aide.

L'avantage de cette formule est qu'il n'y aura plus alors de réticences des pays touchés vis-à-vis de tel ou tel pays intervenant.

Et nous avons attendu si longtemps pour ce qui aurait dû être une des missions essentielles et prioritaires de l'Organisation des Nations Unies : l'homme face à la Nature !...

04/08/2010

# SOCIETE – FRANCE

## Attention, route gravillonnée

 Nombre d'accidents de la circulation arrivent en agglomérations et, généralement sont liés à des excès de vitesse. Certes, il y a interdiction de dépasser les 50km/h, parfois même les 30, mais ce n'est souvent guère respecté et les policiers ou gendarmes ne peuvent être partout, ni même les radars, même si de plus en plus nombreux. La mise en place de ralentisseurs ou de stationnements en chicanes n'est pas toujours possible et n'ont qu'un effet ponctuel.

Une solution est testée actuellement, sur la commune de Jarrecourt : la municipalité, constatant que les rues gravillonnées lors d'entretiens, obligeaient les automobilistes à circuler au ralenti, a décidé d'étendre, de manière systématique ce gravillonnage aux principaux axes routiers de sa commune. Et ça marche ! Les voitures circulent au ralenti, craignant surtout pour leur pare-brise !!! Mieux, le problème des routes glissantes par le verglas n'existe plus ! Et le coût d'entretien est nettement moindre.

Bref, que des avantages. Bon, jusqu'au jour où un piéton se prendra un gravillon sur le visage, envoyé par un véhicule à la conduite un peu trop brusque.

05/08/2010

# SOCIETE – FRANCE

## Camille LACOURT abandonne la publicité

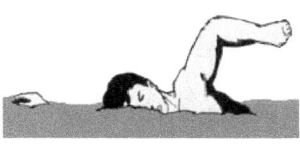 On ne voyait que lui, à toutes les sauces, dans les clips publicitaires. Rasage, voiture, parfum, sodas,… Camille Lacourt, champion de natation, médaillé olympique français, était LE référent, celui que les publicistes s'arrachaient.

Il avait mis au placard les Zidane, Loeb et autres Chabal. Il faut dire que non seulement c'est un sportif de haut niveau mais en plus sympathique, souriant, et surtout un physique de mannequin qui fait craquer la gente féminine : belle gueule, yeux bleus, beau sourire, 2m, belle musculature, tout pour plaire !

Mais d'une part sa carrière se termine avec l'âge, d'autre part, cette hyper médiatisation commençait à l'importuner même si cela lui a permis de très bien gagner sa vie. Bref, Camille Lacourt vient de l'annoncer : il abandonne la publicité, après avoir pris sa retraite de nageur.

Il décide de préparer la génération suivante, de mettre son expérience au service de l'équipe de France. Désormais, il se consacre à sa nouvelle profession d'entraîneur tout en essayant de se faire oublier.

Ah, il y en a qui ont de la chance !...

11/08/2010

# TECHNOLOGIE – FRANCE

## L'auteur était une machine

 Les tubes d'un jour sortent comme les fruits en été. Un nouvel interprète, qui sera lancé par une maison de disque, publicité et diffusion bien orchestrées, bref, le tube de l'été puis, généralement, plus rien…

Si le choix de l'interprète est formaté, sur son physique et sa voix, ainsi que son nom, il en est souvent de même aussi de la chanson : histoire d'amour, description du pas de danse, pseudo contestation,… sur des rythmes variant suivant la danse associée. Mais aurait-on pu un jour imaginer ce qui vient d'être dévoilé concernant le dernier succès « l'amour est arrivé » ?: l'auteur compositeur, désigné par « Marc Dèpe », n'est autre qu'une machine (clin d'œil à « marque déposée ») !!! ou, plus exactement, un logiciel développé à l'UTC de Compiègne.

Il est l'aboutissement d'une étude fouillée de quantité de chansons à succès. A partir de constantes qui y sont retrouvées, un générateur automatique vous sort une chanson toute faite, paroles et musique !

Rassurez-vous : nos grands auteurs compositeurs, Cabrel, Souchon, Goldman,… resteront toujours les meilleurs sur le long terme.

17/08/2010

# POLITIQUE – FRANCE

## Le Forum fait salon

 Comme tous les ans en avril, au Plessis Belleville, se tient en ce moment le Forum du Politique. Tous les partis politiques y tiennent leur stand, à disposition du citoyen, un peu à la manière d'un forum des associations, et participent à des tables rondes sur les sujets d'actualité. C'est devenu un rendez-vous incontournable pour les partis et aussi les médias, un peu, en moins important, comme le Salon de l'Agriculture.

Mais là, cette année, on s'y bouscule ! Pensez donc, juste avant les élections présidentielle puis législatives !!! Jamais la fréquentation n'a été aussi forte. Parmi les 33 formations politiques, 30 y sont représentées et, bien évidemment, celles des candidats présidentiables ou, tout au moins, lorsque ceux-ci représentent un parti politique.

Cependant, cette fois, il a fallu mettre un seuil d'adhérents afin de limiter le nombre de stands suite à la prolifération de micro-partis qui, la plupart du temps, n'étaient que l'émanation de grosses formations politiques.

Est-ce que cela permettra de diminuer l'abstention dans les urnes ?...

18/08/2010

# SCIENCES – ASTRONOMIE

## De l'eau sèche sur Mars ?

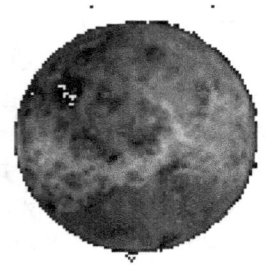 Jusqu'à présent, il y avait controverse : y a-t-il de l'eau sur Mars ? En tout cas, suite aux précédentes explorations des sondes Viking, tout laissait à croire qu'il y en avait eu. Mais y en a-t-il encore ? On pensait que peut-être, en sous-sol, sous forme de glace. Jusqu'au jour où, suite à la dernière exploration de Phoenix où la présence de glace fût confirmée, l'Institut Max Planck mis en doute que la majeure partie de l'eau sur Mars se présente sous forme de glace souterraine.

En effet, selon ce centre de recherche, il est fort probable que l'eau martienne se présente essentiellement sous forme d'eau sèche, c'est-à-dire de gouttes d'eau enrobées de silicium telle que décrite par le docteur Ben Carter de l'université de Liverpool, suivant deux scientifiques français du Collège de France, Pascale Aussillous et David Quéré. On verrait là une version naturelle de ce concept que l'on imaginait comme pure conception humaine.

Reste maintenant à confirmer ou infirmer cette nouvelle hypothèse lors de l'envoi de la prochaine sonde.

C'est vrai que dans ce cas, nos futurs astronautes auront quelques difficultés pour le pastis…

29/08/2010

# SOCIETE – EDUCATION

## Quel cartable choisir ?

 Tous les ans, tel le marronnier journalistique, le thème du cartable trop lourd réapparaît à l'occasion de la rentrée scolaire. Tant de livres, de cahiers, pour un élève, un enfant, si jeune ! Une des solutions était d'aménager des casiers individuels pour chaque écolier dans l'établissement scolaire.

Autre problème : le coût de la rentrée, notamment pour, justement, livres et cahiers, à la charge des municipalités pour le Primaire, mais bien souvent encore des parents pour le lycée.

La solution était à l'étude depuis déjà bien longtemps au Ministère de l'Education. Il s'agit du fameux « cartable électronique ». Un ordinateur pour remplacer livres et cahiers. Ce fût l'occasion d'âpres négociations avec les éditeurs scolaires mais, de ce côté, la solution semble à portée de main.

A ceci près qu'un nouveau problème se pose maintenant, depuis les récentes avancées technologiques : quel matériel choisir ? Netbook, IPad. Que choisir entre ces deux solutions ? La préférence semble aller vers le netbook (tablette) moins cher et qui peut être de fabrication française mais rien n'est gagné.

Ah, quasi une ardoise comme au bon vieux temps !...

30/08/2010

# SOCIETE – FRANCE

## 1 million selon la police,
## 2 millions selon les manifestants

Classique : à chaque manifestation, nous avons droit à des estimations de participation fort éloignées selon qu'elles viennent de l'Etat ou des organisateurs. Il faut dire que les méthodes de comptages sont différentes et relativement artisanales. (et tendance à prendre son désir pour réalité). Le principe général, pour l'Etat, est de compter, à un endroit donné, le nombre de passages d'individus. Pour les syndicats, il s'agit plus d'une estimation en fonction de la configuration de la manifestation (largeur des axes de passage, longueur du défilé…).

Mais voilà qu'une nouvelle méthode vient d'être adoptée. La manifestation est analysée… par satellite ! La résolution grandissante des prises de vues satellitaires permet maintenant de voir de « près », et surtout avec une vue d'ensemble, tout regroupement d'individus. Avec une analyse informatique de cette image, il est possible alors de conjecturer avec une précision de 97%, le nombre exacte d'individus.

En plus, vu d'au-dessus, impossible d'identifier les participants. Ouf !

08/09/2010

# POLITIQUE – FRANCE

## Terrorisme en campagne

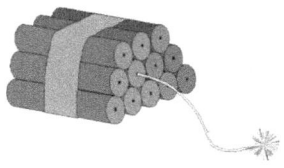 Les attentats terroristes, jusqu'à présent, apparaissaient comme souvent semblables : métro ou trains, bombes ou détournements d'avions, lieux de l'armée ou représentant l'autorité, autres lieux symboliques (finance,…), restaurants, hôtels, marchés…

Déjà, nous avions assisté, récemment, à des attaques plus variées : bateaux de croisière, lance-missiles manuels au décollage d'avions près des aéroports… Mais là, la stratégie adoptée pour le dernier attentat de Pluivilliers est plus vicieux et n'a plus le même objectif. Imaginez : une bombe qui explose derrière un bosquet, dans un petit parc de jeux pour enfants, dans un petit village !

En fait, il est clair que la stratégie a changé : il ne s'agit plus de s'attaquer à de grosses concentrations humaines, pour faire un maximum de victimes, mais, là, plutôt, d'instaurer une véritable terreur, partout ! Le but étant de faire passer le message « nul ne sera à l'abri, où qu'il soit » même si, comme dans le dernier attentat, cela s'est traduit par « simplement » plusieurs blessés dont un grave. Mais c'était essentiellement des enfants…

Quand je pense à de grands hommes qui, par la non-violence, eux, ont réussi à l'emporter sur de grandes puissances…

09/09/2010

# TECHNOLOGIE – FRANCE

## Le boum des radios Internet

 Il y a longtemps, au siècle dernier, dans les années 60, nous avions assisté au développement fulgurant des radios à transistors, qui remplacèrent peu à peu les premiers postes à galène du début du 20$^{ème}$ siècle.

De fait, mais peut-être plus discrètement, nous franchissons actuellement une nouvelle étape.

Depuis quelques années pourtant déjà, les stations de radios ont mis en place des versions Internet de leurs émissions mais l'écoute supposait un ordinateur et une connexion Internet. Pas pratique !

Le parc informatique « particuliers » est maintenant fortement développé ainsi que les connexions Internet depuis la généralisation de l'ADSL, voire de la fibre optique (Internet, TV téléphone fixe puis mobile). Il ne manquait plus que la radio ! Et bien c'est fait, et avec succès par wifi. Il suffisait enfin de développer le support, en l'occurrence des postes de radio « Internet ». Ainsi, disparaissent peu à peu les postes de radios à transistors, remplacés par ces postes de radios Internet.

Londres, ici Londres, les internautes parlent aux internautes…

16/09/2010

# TECHNOLOGIE – VIE PRATIQUE

## Le concours Lépine a encore frappé !

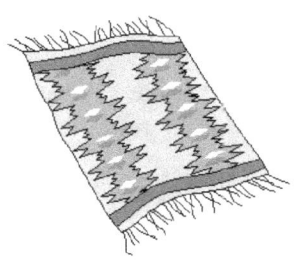

Ça se faisait avant, ça se fait toujours car l'aspirateur n'est pas aussi efficace : le batteur de tapis est né !

Il fallait y penser : Une machine à battre les tapis ! Et oui, quelle corvée cela représentait, et quelle énergie dépensée… On étend le tapis sur un fil à linge, on s'arme d'une batte, et c'est parti ! Et frappe, et frappe… pour évacuer toute la poussière accumulée.

Là, c'est plus simple : le batteur se positionne à terre, sous le tapis, il suffit de régler la hauteur, de brancher l'appareil, et ça fait la même chose. Une toile, prévue à cet effet, recueille même la poussière.

C'est donc cette innovation qui a reçu, cette année, le 2$^{ème}$ prix du Concours Lépine. Souhaitons- lui tout le succès possible à moins que ça ne tombe dans le domaine des innovations exotiques. L'inventeur est à la recherche d'une fabrication industrielle et diffusion à grande échelle, ce qui est le rêve de tout concepteur.

En tout cas, dorénavant, vous ne pourrez plus le faire en pensant à votre belle-mère !

22/09/2010

83

# SOCIETE – FRANCE

## Que du plaisir !...

Rien à voir avec une ancienne représentation du Lido : la revue « Bonheur » est arrivée dans les kiosques. Il s'agit d'un nouveau périodique consacré uniquement au bonheur, aux plaisirs de la vie.

Cela nous change des nouvelles toujours catastrophiques, des malheurs qui frappent notre monde, car toujours exceptionnels soit disant. Il faut croire que le malheur des autres plaît… Là, c'est le contre-pied : que des bonnes choses ! Et dans tous les domaines. Tout ce qui contribue au bonheur, au plaisir.

Vous y trouverez de belles photos, agréables à l'œil, des informations positives, des citations, des récits, des astuces et trucs pour goûter les plaisirs de la vie, des bons plans, des suggestions de sorties, voyages, spectacles, passe-temps, livres, émissions télé ou radio, tests, conseils psychologiques, témoignages, histoires drôles… Bref, tout pour passer de bons moments, tout pour positiver. Rien qu'à le regarder, le feuilleter, papier glacé, agréable à l'œil et au toucher, c'est déjà enchanteur !

Alors ne vous en privez pas ! Croyez-moi, c'est mieux que les Prozac et autres Venlafaxine mais hélas non remboursé par la Sécurité Sociale.

25/09/2010

# ECONOMIE – MONDE

## Google devient Institut de sondage

 Ne pas confondre : il vous est possible de créer un formulaire de sondage avec la suite bureautique en ligne de Google. Mais là, ça n'a rien à voir.

En fait, Google, avec son moteur de recherche, le plus puissant, le plus avancé et le plus populaire au monde, dispose de tous les mots clés utilisés par les Internautes, lors de leurs recherches.

Or, Google, par des statistiques déjà faites automatiquement, sait quelles sont les demandes les plus fréquentes par la simple fréquence des types de recherches, des mots clés. Ainsi il est possible de définir les sujets de préoccupations majeures et ce, non seulement par région, mais aussi par période. Il suffisait alors à Google de mettre au point un super logiciel de traitement, comme il sait le faire, pour exploiter cette mine d'or. C'est fait ! Et l'échantillon représentatif est alors énorme !... Bref, Google vient de s'imposer en maître dans ce nouveau domaine pour lui qu'est l'Institut de sondage avec, en plus, réponse quasi immédiate à toute demande d'étude.

Bon, cela ne représente que les internautes mais quand même…

30/09/2010

# TECHNOLOGIE – JARDIN

## Pour ne pas se planter

Nous avions déjà parlé ici d'une nouvelle bêcheuse électrique. Voici que la même société vient de commercialiser un plantoir électrique !

Qu'est-ce ? En fait, il s'agit d'un appareil de jardin multifonctions mais dédié, tout de même, aux plantations : bulbes et graines. Cela se présente un peu comme un aspirateur : un bloc moteur, un manche, et des embouts, en gros. Un réceptacle permet de mettre les bulbes ou graines à semer. Les embouts sont à adapter suivant les besoins : pour du semis de graines, avec grosseurs et concentrations variables, ou pour des bulbes, grosseurs variables.

Une fois les réglages faits, tout le reste est automatique : possibilité d'égrainer la terre en surface avant semis, de recouvrir les semis avec la terre, de creuser une cavité pour y recevoir le bulbe, dépôt du bulbe – dans le bon sens ! - et recouvrement de terre !

Certes c'est plus pour jardinier du dimanche mais fort utile pour les personnes âgées ou à difficultés physiques.

Je sens que je vais finir par me mettre au jardinage !?...

06/10/2010

# SOCIETE – PHILOSOPHIE

## Le bonheur n'existe que grâce au malheur

 Le bonheur éternel ne serait-il qu'une illusion ? C'est à croire si on s'en réfère au dernier livre de Christophe André (Université de Paris X) « Sans le malheur, point de bonheur ». En effet, selon lui, « le malheur est le faire-valoir du bonheur ». C'est-à-dire ? En fait, ce qui nous permet d'apprécier les moments de bonheur, c'est justement parce que nous sommes également confrontés à des moments de malheur, de tristesse, de désillusions, de contrariétés… Ainsi, le bonheur ne peut être que ponctuel sinon, peu à peu, il perd de son intensité. C'est d'ailleurs ce que l'on constate ne serait-ce que dans la vie de couple. Ce que nous devons alors goûter, ce sont les petits moments de bonheur…

Vers la fin de son ouvrage, Christophe André va même plus loin en généralisant ce principe à un fonctionnement général du monde : la constance équivaut au nul notamment pour le mouvement, pour les évènements, seul le changement est signifiant (accélération / décélération, rupture, changement…). Même au niveau social et économique, ce n'est pas dans une société immobile que l'on ressent du bonheur mais aux périodes où les choses s'améliorent.

Serait-il l'Einstein du bonheur ? Tout est relatif !

09/10/2010

# SOCIETE – CULTURE

## Un tableau prémonitoire

Tout est parti d'un tableau en aquarelle, style années 60, un peu naïf. Sur ce tableau, non signé, apparaissaient différents monuments du monde. Jusque-là, rien de bien extraordinaire me direz-vous.

Sauf que, bien en évidence, les deux tours, celles du 11 septembre 2001, les Twin Towers et… un avion ! Le tableau en question étant bien antérieur à cette date, sinon pas de quoi en faire une affaire.

Et, à y regarder de plus près, les autres éléments, fort disparates, de ce tableau, avaient aussi résonance avec des faits historiques importants, notamment attentats, postérieurs à la création du tableau !?

Alors ? Une œuvre prémonitoire ? L'expression, par le biais inconscient de la peinture, d'une vision d'évènements futurs ?

De là, l'Institut Stanford Research Institut a entamé des recherches sur ce type de prémonitions, via la peinture.

Paraît même que les services secrets américains suivent l'affaire de très près, des fois qu'ils y trouvent l'annonce des futurs attentats…

10/10/2010

# TECHNOLOGIE – MUSIQUE

## De la musique, c'est bien,
## un clip, c'est mieux !

 Depuis l'apparition de l'IPhone en 2007, puis de l'IPad en 2010, ce fût chaque fois un raz de marée… Mais, souvenez-vous, auparavant, c'était l'IPod, le baladeur numérique. Et cet engouement pour la musique ambulante existe depuis fort longtemps. Dans des temps plus anciens, c'était l'image du gros poste de radio portable, sur l'épaule, puis le simple baladeur, d'abord à K7, puis le Walkman…

Mais, à côté de la musique dans le poste, des CD audio, se développaient les clips vidéo, surtout par le biais de la télévision. Et, justement, l'IPhone, l'IPad offre maintenant un écran. Et voilà, tout y est pour que l'on assiste aujourd'hui à une explosion liée à un autre média : YouTube lui-même créé en 2005. En effet, il s'avère qu'hormis le téléphone, les SMS ou la photo, l'utilisation essentielle de l'IPhone ou l'IPad, aujourd'hui, soit le visionnement de clips vidéo téléchargés de YouTube !!! Alors, si vous voulez rester dans le coup : Free YouTube to IPhone Converter ou configurez votre navigateur Safari …

Mais suis-je bête : ces deux produits d'Apple intègrent cette possibilité !!! Qui est-ce qui n'est plus déjà dans le coup ?

11/10/2010

# TECHNOLOGIE – ELECTRONIQUE

## Plier son IPad comme jadis son mouchoir

Le métal est, pour les circuits électroniques, essentiel car il est conducteur. Seulement, il est rigide…

Les études datent maintenant concernant la possibilité de disposer de composants électroniques « mous ». En fait, il s'agit de remplacer le métal par du plastique. Oh, pas n'importe quel plastique car, justement, celui-ci doit être conducteur. Les recherches menées notamment en Corée (Université de Pusan et d'Ajou), en collaboration avec l'UCSB (université de Santa Barbara en Californie) avaient enfin abouti à la conception d'un polymère dont la conductivité équivalait à celle du cuivre. Restait l'application industrielle.

Ce ne fut pas facile car il fallait s'assurer d'une température faible alors que, normalement justement, les circuits chauffent.

Mais c'est fait ! Et, la réalisation la plus spectaculaire vient d'être la présentation du nouvel ISoft d'Apple : l'équivalent de l'ancien IPad mais… pliable !!!

Et oui, c'était le gros défaut de ces « tablettes » : bel écran mais trop encombrant. Là, vous avez l'équivalent (un peu plus épais quand même) d'une feuille de papier, que vous pouvez plier, rouler et même froisser !

12/10/2010

# TECHNOLOGIE

## Droit de vote aux virus

 Et oui, de plus en plus de consultations sont faites sur Internet. Un véritable outil démocratique, cet Internet ! En quelques clics, sans se déplacer, au moment où l'on est disponible, on peut donner son avis, son opinion, son vote même ! Au point où il était fortement question de voter, pour les élections républicaines, de chez soi, via Internet !

Hélas, c'était sans compter sur les hackers de tout poil... En effet, depuis peu, il est possible de télécharger gratuitement un petit logiciel qui vous demande de faire la manipulation que vous souhaitez – par exemple voter pour un candidat sur un site – et, à partir de là, vous génère un virus, ou plutôt un cheval de Troie, qui sera alors envoyé automatiquement à l'ensemble de vos contacts mail sous couvert d'un message anodin de votre part (puis, évidemment aux contacts de vos contacts). En fait, la manipulation que vous aurez faite sera « mémorisée » par le virus qui, une fois arrivé dans la machine de votre contact, à la première connexion Internet, effectuera la procédure. Cela reviendra donc à voter, à l'insu de la personne !

Bon, pour le bien public, je ne vous donne pas le nom de ce programme ni celui du virus engendré.

16/10/2010

# SOCIETE – INTERNET

## Facebook sous Win daube

Facebook est devenu incontournable. Il y a actuellement plus de 300 millions d'adhérents dans le monde et plus de 15 millions en France !

Nous connaissions Facebook, au travers des médias, notamment par l'organisation de grands rassemblements d'individus, « facebookiens », pour des apéros géants ou pour des « flash mob », rassemblements ponctuels à thèmes.

Mais voici une nouvelle « dérive » de l'utilisation de Facebook : il s'agit de passer une consigne de vote pour décrédibiliser un concours, une consultation en faisant voter pour un candidat, n'ayant manifestement aucune chance, afin de le faire gagner. Bref, le vainqueur est alors le plus mauvais !

Déjà plusieurs concours télévisuels en ont fait les frais. Et même l'Eurovision donc dernièrement, comme vous avez pu le constater.

Il n'y a en fait aucune intention de nuire, de faire du tort, d'attaquer, mais c'est simplement pour le fun...

Mais ne serait-ce pas une forme d'acte de petite délinquance ? « Ah c'est malin ! » me direz-vous. Et pourtant rien de légalement condamnable dans cette action.

17/10/2010

# SOCIETE – FRANCE

## Blogosphère et réseaux sociaux

 C'est en fait le titre d'un nouveau périodique que vous pourrez dorénavant trouver dans les kiosques : « Blogosphère et Réseaux Sociaux ». Une nouvelle revue informatique me direz-vous. Quel intérêt lorsque, justement, si on s'y intéresse, c'est qu'on a déjà accès à une connexion Internet et donc que les revues papier... Oui, mais déjà, d'autres revues existent et perdurent malgré Internet.

Et donc, celle-ci, est consacrée, comme son nom l'indique, à la blogosphère et aux réseaux sociaux. Or, ce sont là deux composantes d'Internet en plein développement et dont le succès n'est plus à démontrer : profusion des blogs, Facebook, Twitter,... Alors qu'une revue y soit consacrée, rien de plus logique.

Vous y trouverez évidemment tout sur « comment gérer un blog », le créer, le faire connaître, le rentabiliser, les meilleures trouvailles de blogs, les « buzz », les secrets de Facebook et ses détournements, ce qui circule et se dit sur la Toile, et plein d'autres choses encore.

Souhaitons-lui longue vie et qu'elle ne finisse pas comme tant d'autres, tels SVM, Web Magazine et autres PC Expert...

19/10/2010

# ECONOMIE – FRANCE

## Des tarifs qui baissent, ce n'est pas courant

Le gouvernement vient d'annoncer que suite à un accord conclu avec EDF-GDF et les autres fournisseurs, une remise de 7% serait accordée, sur leur consommation électrique aux possesseurs d'un véhicule électrique.

C'est, en fait, dans le cadre d'une incitation à l'usage des véhicules électriques que cette mesure a été prise par le Ministère de l'Ecologie et du Développement durable. Elle s'applique aussi bien aux véhicules professionnels que particuliers et effective dès le mois prochain que ce soit pour les voitures fonctionnant uniquement à l'électricité ou mixtes.

Cela devrait doper le marché qui, pour l'instant, certes progresse mais encore très – trop – lentement. D'où les prix, encore très élevés, des véhicules à propulsion électrique mais qui devraient baisser si le marché se développe.

Les collectivités locales devraient être les premières bénéficiaires de cette mesure avec un parc de véhicules à usage très local.

Est-ce que cela s'appliquera aux vélos électriques ? J'en doute...

22/10/2010

94

# SOCIETE – FRANCE

## Comme au bon vieux temps

 Il fallait s'y attendre : depuis les dernières mesures gouvernementales sur le gel des pensions de retraites, après celles concernant les reculs successifs des prestations sociales, notamment Sécurité Sociale, les « séniors » descendent à leur tour dans la rue !

C'est une véritable première en France : une manifestation d'envergure de nos anciens dans la rue.

Mais il fallait s'en douter : les personnes âgées représentent à notre époque une forte minorité, un corps électoral conséquent, avec ses spécificités. La création récente du nouveau SPA (rien à voir ni avec les animaux, ni avec les établissements de soins) – Syndicat des Personnes Agées – en était un signe précurseur.

Nous pensions que cette tranche de population faisait partie, de fait, de la majorité silencieuse, qui ne bouge pas, ne manifeste pas, ne s'exprime pas haut et fort... et vote plutôt à droite. Mais c'était sans compter sur l'augmentation de cette « catégorie sociale », la dégradation constante de leur qualité de vie et leur dynamisme toujours là.

Ils étaient centenaires selon la police, sexagénaires selon le syndicat. Tiens, les chiffres sont inversés, là !?

28/10/2010

# SOCIETE – FRANCE

## Apprendre l'orthographe
## en écrivant sur ordinateur

La chose a été maintes fois constatée : le niveau en orthographe de nos enfants – et donc des futurs adultes - ne cesse de décliner. L'apprentissage des règles a beau être assuré, nos élèves écrivent sans les appliquer. Alors, que faire ?

Une méthode est actuellement en cours d'expérimentation dans une circonscription parisienne. Il s'agit de faire écrire sur traitement de texte. A bon, et alors ? Et bien les correcteurs orthographique et grammatical sont activés. Résultat, vous le connaissez : les fautes d'orthographe sont soulignées en rouge, les grammaticales en vert, et les suggestions exactes sont alors proposées.

Oh bien sûr, on pourrait penser que ce n'est pas cela qui va faire progresser les élèves. Et bien si ! En fait, la répétition de ces corrections finit par être mémorisée par l'enfant et les mêmes fautes diminuent alors avec le temps. Et, à en voir les résultats, la méthode marche !!! Bon, évidemment, il faut être bien équipé en ordinateurs, et en primaire...

A quand le correcteur orthographique pour les SMS ?!

02/11/2010

# SOCIETE – FRANCE

## Une réforme du calendrier ?

 Il fallait s'y attendre : une situation bizarre, héritage du passé, enfin rectifiée ?! Le fameux mois de février qui ne dure que 28 jours... Et bien la proposition de modification du calendrier vient d'être émise par un parlementaire.

C'est vrai que nous avons une double bizarrerie : ce mois de février de 28 jours d'une part, et une alternance imparfaite des mois de 30 et 31 jours. Selon cette nouvelle proposition de loi, février aurait 29 jours – parfois 30, les années bissextiles – mais aussi, autre modification, août, qui suit un mois de juillet de 31 jours, aurait 30 jours et non plus 31 et l'alternance serait ainsi décalée pour les mois suivants jusqu'à la fin de l'année : donc décembre 30 jours, et, naturellement, janvier de 31 jours, comme actuellement. Et oui, nous avons bien nos 365 jours avec alternance parfaite cette fois, et encore plus parfaite les années bissextiles !

Bon, si ça passe, ça ne va pas être facile de s'y retrouver d'après les bosses et creux de nos phalanges ! Et peut-être y a-t-il d'autres réformes plus importantes. Mais, rassurez-vous, peu de chance que ça passe car il s'agirait alors d'une incongruité française...

21/11/2010

# SOCIETE – FRANCE

## Une double retraite

Soit disant l'esprit religieux se perd. A en croire la nouvelle tendance actuelle, on pourrait cependant penser autrement. En effet, les couvents croulent maintenant sous les demandes de retraites... par les retraités !

Oui, ils sont de plus en plus nombreux, nos aînés, à faire cette démarche.

Beaucoup d'ailleurs n'étaient pas vraiment croyants dans leur jeune âge mais, souvent, se retrouvent seuls, sans compagnie, et, la mort approchant, ils commencent à avoir des préoccupations spirituelles : qu'arrivera-t-il après la mort ? N'est-il pas temps de se racheter après une vie pas toujours exemplaire ?...

Alors on rentre au couvent, une vie qui convient tout à fait pour des personnes de leur âge (et ça revient moins cher qu'un EPAD ou des Sénioriales…).

On voit même apparaître des maisons de retraites tenues par des moines !!

Après tout, comme dirait Napoléon, une retraite de réussie !

23/11/2010

# SOCIETE – FRANCE

## J'étais en déplacement

Pouvoir passer une nuit, voire plus, avec sa maîtresse ou son amant sans pour autant éveiller les soupçons de sa légale (son mari), pas facile !!!

L'idéal est de prétexter un déplacement, généralement professionnel. Alors, pour ensuite avoir la preuve de ce séjour, le mieux est d'en rapporter un souvenir typique. Pas facile !

C'est le fonds de commerce de « Souvenirs d'ailleurs », une agence originale, située à Paris, qui vous propose des petits cadeaux en provenance de tous les continents – et de toutes les régions françaises aussi – que vous offrirez à votre conjoint(e) une fois de retour, avec le ticket de caisse idoine, au cas où... Si vous êtes loin, vous pouvez même commander sur Internet... Et il est proposé, le comble de la simulation, un montage photo avec vous devant tel ou tel monument ! D'ailleurs, plus honnêtement (?), vous pouvez aussi ainsi faire croire à vos amis que vous êtes allé en vacances à tel ou tel endroit...

L'adresse ? A vous de la chercher : nous ne mangeons pas de ce pain-là... Bon, n'en profitez pas pour lui rapporter un faux Vuitton, ils ne font pas !

25/11/2010

# SOCIETE – HUMANITAIRE

## De nouvelles actions de la Croix Rouge

 Malgré la générosité de nos concitoyens, les ONG ont de plus en plus de mal à récolter des fonds. La crise sans doute... Elles doivent faire preuve d'imagination et c'est ce qu'elles font. Pour exemples ces deux dernières actions de la Croix Rouge :

Vous avez déjà surement fait un séjour à l'étranger, hors zone Euro, pour raison professionnelle ou pour des vacances.... Sur place, si vous vouliez téléphoner à partir de votre portable, cela coûtait cher puisque les communications passent fatalement par le pays d'origine ! L'idéal aurait été de disposer sur place d'un téléphone débloqué pour y insérer une puce locale avec une carte prépayée. C'est la première opération mise en place : la Croix Rouge récupère gratuitement vos vieux téléphones (geste écologique par ailleurs) – et Dieu sait le nombre de portables qui finissent dans un tiroir, sinon, pour un nouveau modèle plus performant ! – les fait débloquer si nécessaire, et les revend alors dans les aéroports. Et c'est du gagnant-gagnants ! Une action qui rapporte à la Croix Rouge ET à vous !

Mais ceci est pour l'aller. Dans un prochain article, je vous parlerai de l'autre action, lors de votre retour...

27/11/2010

# SOCIETE – HUMANITAIRE

## Opération « Ça change tout »

 J'avais évoqué, dans un article précédent, les nouvelles opérations mises en place par la Croix Rouge afin de récolter des fonds.

La première action concernait les voyages à l'étranger, qui pouvait vous toucher à l'aller.

La seconde concerne plus le retour.

De retour de voyage donc (hors zone Euro toujours), il vous reste de la menue monnaie du pays visité, dont vous n'avez que faire. Et s'il s'agit de pièces, impossible de les convertir !

Alors la Croix Rouge est là, dans les aéroports internationaux, pour vous en débarrasser...

La Croix Rouge, pour cela, dispose d'accord avec les banques pour pouvoir, elle, changer ces pièces de monnaie mais, de toutes façons, elle peut aussi alors directement les utiliser puisque son action est internationale.

Une idée que lui jalouse maintenant bien d'autres organisations humanitaires !!! Même Bernadette Chirac aurait été déçue de ne pas y avoir pensé. Ça rapporte bien plus que l'opération « Pièces jaunes » et nécessite beauccup moins de points de récoltes !

28/11/2010

# SCIENCES – FRANCE

## Trafic de télomérase

Qu'est-ce que c'est ? me direz-vous. Et pourtant on en entend parler en ce moment !

Il existe en France, en provenance des Etats-Unis essentiellement, un trafic de télomérase de plus en plus important. En effet, la télomérase, dont les effets sur le rajeunissement cellulaire furent découverts par l'Université d'Harvard, fait un tabac sur Internet où de plus en plus nombreuses officines ont vu supplanter les commandes qui, jusqu'alors, concernaient la DHEA, mélatonine et autres viagra par cette fameuse télomérase, sensée régénérer les cellules.

Et oui, le rêve de tous : rajeunir !!! On le voit au travers de nombreux films depuis « La beauté du diable ». Le problème est que la télomérase est interdite en France et pour cause : les effets secondaires, notamment cancérigènes (cette enzyme contribue à la maîtrise du développement cellulaire), restent une interrogation. Alors, comme d'autres produits signalés plus haut, la diffusion est très règlementée... et les commandes détournées se font allègrement via Internet. Ainsi, des centaines de flacons de télomérase ont été saisis à la douane cette semaine et il va être dur d'endiguer le phénomène...

Moi, je me contente de porter jean et basket : ça fait djeun !

01/12/2010

# SOCIETE – COMMERCE

## « L'agence tous risques » pour de vrai !

 Non, rien à voir avec le célèbre ancien feuilleton américain. Il s'agit bien d'une agence, plus précisément d'un Tour Opérateur. Bon, tour opérateur, ce n'est pas ce qui manque, quoi de neuf ? En fait, ce qui fait la spécificité de cette agence, ce sont les voyages et séjours qu'elle propose. Point de visite, tranquille, de Vienne, de séjour balnéaire aux Baléares et autres croisières sur le Nil. Les séjours proposés sont plus rock and roll ! Imaginez : Afghanistan, Pakistan, Irak, Nigéria, Somalie, Corée... mais aussi Haïti,... Bref, toutes les zones dangereuses de conflits ou de catastrophes naturelles ! Les sites d'actualité, là où c'est dangereux, où la population souffre et meurt. Un safari du malheur humain. Les tarifs sont plutôt élevés car une protection est assurée et les contrats d'assurance sont conséquents. Pour moins cher, en France, vous pourrez visiter les lieux d'inondations, d'incendies, ceux qui viennent de subir une tempête récente ou un crime qui vient de s'y passer. Ca répond à un besoin, plutôt malsain et ça marche ! Evidemment, cette initiative reçoit une désapprobation générale, notamment de la part des ambassades qui craignent pour leurs ressortissants.

Vous pourrez dire « j'y étais, effectivement, c'était risqué, mon Dieu, les pôvres, quel malheur ! ».

02/12/2010

# POLITIQUE – FRANCE

## Vous y avez échappé

 Le Canard Enchaîné publie cette semaine la reproduction de deux affiches, préparées par un parti d'extrême droite français, qui font frémir...

La première est en rapport avec la dernière marée noire : sur un fond représentant une photo prise dans le métro parisien, un simple commentaire : « La marée noire, qu'en pensez-vous ? ». Evidemment, vous imaginez bien quelle population est prise en photo dans le métro...

La seconde est constituée de deux photos accolées : celle de l'équipe de France de football, et celle d'Afrique du Sud avec cette question : « quelle est l'équipe de France et celle d'Afrique du Sud ? ».

Décidément, ils ne manquent pas d'imagination mais l'humour en est douteux...

Et le caractère raciste est difficilement contestable. C'est probablement pour cette raison que le projet n'a pas eu de suite, surtout que probablement issues du noyau dur de ce parti que le parti lui-même essaie de faire un peu oublier, mais qui est pourtant là. Ah les vieux démons !...

03/12/2010

# SOCIETE – FRANCE

## L'agence de la Tentation

 Décidément, les idées d'agences ne manquent pas ! Déjà, nous vous avions fait part de la création de « l'Agence tous risques » (qui a d'ailleurs actuellement quelques soucis de droit au nom), « Souvenirs d'ailleurs »,... En voici une nouvelle !

Vous connaissiez cette ancienne émission télévisée, du temps de la « télé réalité », « L'île de la tentation » ? Et bien l'idée en est probablement inspirée. Cette agence est au service des prétendants au divorce mais qui n'ont pas le courage de le demander car il leurs manque le prétexte. Alors, pouvoir accuser le (la) conjoint(e) d'adultère. Comment faire ? Cette agence missionne, sur votre demande, un homme ou une femme (selon les cas) pour séduire votre partenaire et l'amener à la faute : exactement le principe de l'Île de la Tentation ! Beau mec, belle nana, sélectionné(e) selon les goûts de votre moitié, quelques éléments de localisation et d'informations sur la future agréable victime et le tour est joué. Il (elle) rencontrera « par hasard » ou par présentation la proie. S'en suit une action de séduction devant aboutir à relation avec preuves... Taux de réussite est garanti !!! Ah, faiblesse humaine !

Quand même plus soft que l'appel à un tueur à gage !

08/12/2010

# SOCIETE – FRANCE

## Maîtriser sa consommation

 Etonnant mais cela n'existait pas jusqu'à présent : la possibilité d'avoir un suivi statistique de vos consommations téléphoniques ! Bien entendu, vous aviez accès à la liste de vos appels téléphoniques afin, entre autres, de justifier votre facture mais c'est tout ! A côté de cela, les services clientèle ne manquaient pas de vous contacter pour vous proposer de nouveaux forfaits « plus adaptés » à votre consommation. Mais difficile d'avoir une véritable étude fine sur vos appels.

Alors SFR vient de lancer cette option supplémentaire – gratuite par ailleurs – qui consiste en un traitement statistique de vos consommations, sur le mois, certes, mais aussi sur l'année. Ainsi, d'un coup d'œil, vous avez le classement de vos appels par durées cumulées (permettant de définir vos « favoris »), la répartition dans la journée et soir / week-end, vos appels de l'étranger, appels vers numéros fixes ou mobiles, SFR ou autres...

Mieux, vous pouvez télécharger alors le fichier de vos appels afin de l'explorer avec un tableur (compatible Excel par exemple). Maintenant, vous pourrez, plus sereinement, choisir le nouveau forfait adapté à votre usage!

Je parie que le favori, pour E.T., était « maison »...

10/12/2010

# SOCIETE – FRANCE

## Gourmandise à consommer avec modération

 Imaginez un monde merveilleux avec une rivière de soda, des champignons en guimauve, des feuilles en pâte d'amande, des branches en chocolat, des arbres à hamburgers, des fleurs de frites, de la mousse de nouilles, des robinets qui vous donnent soda ou jus de fruits, et tout ce dont un enfant raffole ! C'est « Gourmandise », le nouveau petit parc d'attractions récemment créé près de Lille. Petit parc car de dimensions plutôt réduites mais couvert. Disons un immense hangar...

Bien sûr, il y a quand même quelques manèges mais ce n'est pas la marque de ce site. Non, c'est bel et bien un lieu où les enfants (moins de 10 ans) peuvent s'en donner à cœur joie à manger toutes les sortes de friandises imaginables et autres mets qu'en principe ils adorent (pâtes, purée, hamburgers, frites,...). C'est un cadre « naturel » où quasiment tout se mange et il y a des arbres à cadeaux par exemple !Evidemment la circulation y est hautement surveillée et très règlementée pour des questions d'hygiène. Les parents, eux, sont cantonnés à part, dans une sorte de café, et attendent.

Adorable ! Mais à ne fréquenter que très rarement alors que l'on parle d'obésité des jeunes...

12/12/2010

# TECHNOLOGIE – NOUVEAUTE

## Stimulation électrique sexuelle

 Du nouveau dans le petit monde des sextoys...

Jusqu'à présent, la plupart des appareils agissaient à base de vibrations, que ce soit pour homme ou pour femme, avec toutes les variantes imaginables.

D'un autre côté, que ce soit chez votre kinésithérapeute ou chez vous pour vous sculpter un corps de rêve, il existe des appareils de stimulation utilisant les impulsions électriques agissant sur les terminaisons nerveuses afin de contracter / décontracter les muscles.

Et bien le Sexelect, notre innovation technologique en question, utilise les impulsions électriques pour une stimulation… sexuelle ! (terminaisons nerveuses et muscles mis en jeu).

Le produit existe aussi bien pour homme que pour femme et, semble-t-il, s'avère très efficace.

A la manière des Sport Elec et autres stimulateurs musculaires, il est possible de varier l'intensité et le type d'impulsions et donc de varier, d'adapter, les plaisirs...

Bon, ça ne vaut sûrement pas le coup de foudre !...

14/12/2010

# SOCIETE – JUSTICE

## Il déguise un crime en attentat

 L'attentat qui a eu lieu dernièrement en Allemagne n'en était pas un ! C'est ce que vient de révéler la police allemande après plus de 10 mois d'enquête.

La bouteille de gaz qui avait explosé sur le marché de Brême et avait fait 2 morts et 13 blessés n'était pas là au nom de l'islamisme comme tout portait à le croire mais relevait du crime passionnel. Et pourtant, l'acte avait été, à l'époque, peu de temps après, revendiqué par Al Qaïda !

En fait, les deux victimes – celles décédées – se connaissaient, et même bien puisqu'il s'agissait d'une liaison extraconjugale et, évidemment, l'auteur véritable était le mari de la femme qui a succombé, il l'a avoué. Le crime avait été camouflé en attentat.

Le pire est que le véritable coupable, dans sa machination, n'a pas hésité à mettre en jeu la vie d'autres personnes totalement innocentes même si cela s'est soldé, pour les autres, qu'à des blessures plus ou moins graves.

Heureusement que les amants avaient préféré un tour au marché qu'un voyage en avion !

15/12/2010

109

# SOCIETE – CULTURE

## Un Jean de La Fontaine plein d'humour

 Tout le monde connaît les fables de La Fontaine, quelques-unes au moins, les plus populaires, celles apprises à l'école. Alors il était facile de les détourner avec succès garanti.

C'est ce qu'a fait Jean de La Rivière, un pseudo, évidemment, en réécrivant bon nombre de fables basées sur le même modèle : une histoire imaginaire se terminant par une morale.

Sauf que là, la morale est en fait un super calembour amené par l'histoire elle-même (comme c'est le cas pour la morale chez La Fontaine) généralement déformation d'un proverbe bien connu, voire même d'une morale d'une fable de notre La Fontaine national. Et ça plaît bien ! Pour vous donner quelques exemples, pas de fables elles-mêmes, trop long ici, mais de morales :

« Qu'importe le flocon pourvu qu'on ait l'Everest » ou « Il ne faut pas prendre l'Helvétie pour une lande terne »...

Vous voyez un peu... Alors n'hésitez pas à acheter « Les fables » de La Rivière ! Un bon moment en perspective.

Pierre Dac apprécierait sûrement !

16/12/2010

# ECONOMIE – AGRICULTURE

## La betterave face à la stévia

On commence très sérieusement à s'inquiéter chez les producteurs de betteraves : la consommation de sucre de betterave est en constante régression.

En effet, depuis son autorisation en 2009, la consommation, de stévia a fait un gigantesque bon en avant surtout depuis la mise au point d'un conditionnement en morceaux ou en poudre… au dépend du sucre de betterave. C'est vrai qu'entre les deux, il n'y a pas photo : la stévia est moins calorique, à fort pouvoir sucrant, et semble avoir des bienfaits pour la santé (obésité, cholestérol, diabète, système cardio-vasculaire,...) et peu d'inconvénients. Même l'aspartame, avec ses soupçons cancérigènes, ne fait pas le poids !...

Le problème est que les régions les plus propices à la culture de la stévia ne correspondent pas exactement à celles de la betterave. La stévia a besoin d'un climat pas trop froid et d'une terre peu fertile. Bref, cette révolution lente de la consommation risque de faire de certaines régions, notamment le nord de la France et région parisienne, de futures zones agricoles sinistrées.

Il y a de la reconversion dans l'air mais peut-être est-ce là, aussi, la chance pour certains coins de France déshérités !?...

17/12/2010

# TECHNOLOGIE – INFORMATIQUE

## La solution pour remplacer les câbles

 Cas classique : vous avez un PC portable d'un côté, une imprimante dans une autre pièce, elle-même reliée à un ordinateur fixe de l'autre. Obligé d'aller près de l'imprimante pour brancher le câble de celle-ci à votre portable ? Devoir allumer votre fixe pour pouvoir, par wifi, vous relier au réseau domestique et ainsi imprimer ? Tout ça est bien compliqué, peu pratique. Ah, quand il s'agit de réaliser une liaison par câble... !!! Or la solution existe désormais sur le marché. Il s'agit d'un « couple » de deux clés USB Wifi mais dont les fiches de connexions sont différentes et correspondent chacune aux deux embouts d'un « câble USB » classique. Pour faire simple et plus « visuel », vous prenez un câble USB, vous coupez la longueur de câble et, à la place, à chaque embout, vous avez une clé Wifi. La communication wifi entre les deux clés Wifi remplace le câble lui-même. Et le tour est joué ! Ce jeu de clés remplace le câble USB !

Certes, la liaison Wifi n'est pas sécurisée mais rien à configurer : c'est fait ! Un autre modèle est commercialisé pour une liaison Bluetooth.

Solution idéale pour ne pas se prendre la tête... et péter un câble !

19/12/2010

# POLITIQUE – FRANCE

## Après le rattachement de la Wallonie à la France, le PS a le vent en poupe

 Il fallait s'en douter, et les derniers sondages le montrent très clairement : après la récente scission de la Belgique en Wallonie et Flandre, et le rattachement volontaire de la Wallonie à la France suite au référendum, le PS, en cas d'élections, l'emporterait haut la main.

Rien d'étonnant à cela si l'on se souvient que, justement, lors de la dernière élection qui avait abouti à la crise de régime en Belgique, la Wallonie avait voté socialiste alors que la Flandre avait majoritairement voté à droite.

La Wallonie fait donc basculer le rapport de forces droite – gauche en France et probablement pour longtemps.

Nous en constaterons le résultat lors des prochaines élections territoriales françaises mais cela sera surtout marquant pour les élections présidentielle et législative.

Mais, d'ici là, il faudra déjà réussir à harmoniser les législations et surtout les habitudes ; ne serait-ce que l'usage du vote obligatoire et du vote blanc... A moins que l'on retourne en monarchie…

20/12/2010

# POLITIQUE – ECOLOGIE

## L'écologie ne fait plus recette

Dans les années 2000 et 2010, dans tous les pays (ou moins les pays industrialisés), et suite aux constatations et recherches, dérèglement climatique, catastrophes naturelles, forte hausse de certaines pathologies, montée des eaux,... l'inquiétude était focalisée sur les préoccupations écologiques. Les rassemblements internationaux se multipliaient, les partis politiques de nature écologique, prospéraient... jusqu'aux premiers soubresauts financiers et économiques. A chaque époque sa crise.

Là, force est de constater que l'écologie est tombée aux oubliettes. Trop cher ! Surtout en ces temps de fortes perturbations financières. Aujourd'hui, on n'entend plus qu'une chose : résorber la dette ! Et c'est quasiment partout, surtout en Europe et aux USA. Le déclin économique des pays de l'Atlantique Nord. Mais tout le monde ne suit pas ce chemin. Les pays « émergeants », eux, sont en pleine vigueur (voir article : SOCIETE : un pôle humain).

Bref, si le danger écologique existe toujours, et de plus en plus aigu, il a été oublié par nos concitoyens, confrontés à de l'immédiat : chômage, baisse du niveau de vie, voire misère...

C'est le climat économique qui est déréglé...

23/12/2010

# SOCIETE – FRANCE

## Equipement neige obligatoire

Il fallait s'en douter : après ces dernières années où le froid, la neige, le verglas, sévissaient systématiquement – et fortement – chaque hiver, des mesures draconiennes sont prises.

En effet, conséquence du réchauffement planétaire, le climat a été visiblement modifié. Nous retrouvons des saisons plus marquées, quasi continentales, et donc des hivers plus rigoureux. Les fortes chutes de neige, les grands froids ne sont plus considérés comme situations exceptionnelles. Après les premières années de grande pagaille, les choses s'organisent. Les interdictions de circulation, tous véhicules, ou poids lourds seulement, sont de règle. De même que le déneigement jusqu'au milieu de chaussée depuis 2010. Dorénavant, interdiction de circuler sans équipement adapté (pneus neige, à clous, chaînes, filets...) en cas d'alerte orange ! Si vous circulez sans ces équipements, vous risquez une amende de 135€ et, en cas d'accident, votre assurance ne prendra pas en charge ! C'est vrai que, quoique contraignante, cette mesure devrait améliorer considérablement les choses.

Hélas il n'est pas prévu de pouvoir déduire ces dépenses de ses revenus imposables...

27/12/2010

# SOCIETE – FRANCE

## Les mœurs évoluent

La dernière enquête INSEE nous révèle une certaine évolution de nos manières de vivre. Il est à noter deux changements assez forts :

Les vacances : nous avions déjà constaté un éparpillement des périodes de vacances. Le mois d'un seul bloc qui laisse place à des congés d'une à deux semaines. Mais là, il s'avère que les français privilégient les vacances à l'étranger, dans les pays du sud car soleil assuré et coût moindre. Ce qui a d'ailleurs l'avantage de pouvoir répartir ces séjours tout au long de l'année. Autre changement : le regroupement inter générationnel. De plus en plus, les enfants, même adultes, mariés, avec eux-mêmes des enfants, vivent toujours – ou reviennent - avec leurs parents. Tous les cas de figures apparaissent : les grands parents qui vivent chez leurs enfants, les enfants qui vivent chez leurs parents (les grands parents pour les petits enfants), les cas où un seul grand parent ne se trouve plus ainsi isolé, même chose pour les familles mono parentales,... Cette configuration s'est imposée devant les difficultés de logement, l'économie d'échelle, la garde des petits enfants,... On revient en fait aux anciennes traditions.

Bon, les grands parents, eux, restent en France pour les vacances : c'est quand même le plus beau pays du monde, non ?!

29/12/2010

# SOCIETE – FRANCE

## Des bracelets pour tous

De plus en plus de détenus pour peines légères peuvent, bénéficier de libération conditionnelle mais avec obligation du port du fameux bracelet permettant de les localiser à tout moment.

Mais une nouvelle étape est actuellement en réflexion, ma foi bien avancée : il s'agit d'équiper tous les prisonniers d'un bracelet, même ceux restant en prison.

La raison en est que cela permet de contrecarrer plus efficacement toute tentative d'évasion. En effet, ces nouveaux bracelets sont inviolables, impossibles à retirer. Ainsi, lorsqu'il y a évasion, il est facile de suivre l'évadé à la trace et le récupérer rapidement par un système type GPS. Un autre avantage est qu'il est équipé d'un système de contrôle de la pression artérielle, ce qui permet une intervention rapide en cas de tentative de suicide en cellule. Cette nouvelle application devrait se généraliser peu à peu mais l'investissement initial en est relativement élevé quoique amorti sur le long terme. Et il faut compter aussi le temps de la fabrication, tout bêtement : 70000 exemplaires ne se font pas du jour au lendemain.

On connaissait l'alliance, maintenant c'est le bracelet...

03/01/2011

# SOCIETE – HUMOUR

## L'Os à moelle revit

 Pierre Dac, vous connaissez... une référence chez les humoristes, auteur des célèbres pensées, fondateur du M.O.U. (Mouvement Ondulatoire Unifié), inventeur du biglotron et du Schmilblick,...Et L'Os à Moelle bien sûr, l'organe officiel des « loufoques ».

Et bien le revoici enfin, le fameux « Os à moelle » ! Pas sous forme papier mais, modernité oblige, grâce à Internet : http://www.nouvelosamoelle.fr (nouveau parce qu'il s'agit d'une prolongation mais aussi pour ne pas confondre avec telle ou telle entreprise de restauration) où vous retrouverez beaucoup de citations de l'auteur mais surtout, et c'est ce qui fait l'originalité de ce site, d'autres contributions venant des internautes, dans le même style, la même veine, que le Maître.

Rien ne le remplacera me direz-vous mais quand même, l'humour à la Pierre Dac retrouve là une certaine jeunesse (si tenté est de penser que ces citations vieillissent) et surtout se pérennise grâce à ce site collaboratif. Et, à en juger par le nombre de connexions, il semble qu'il soit bien venu et apprécié.

Chaque contributeur pourra dire « à moi l'os ! » (à moelle l'os ndt).

06/01/2011

# ECONOMIE

## Les panneaux lumineux personnels
## font un tabac

Il fût un temps où la grande vogue était les cadres photos numériques. C'était le cadeau idéal, pour pas trop cher.

Actuellement, on assiste à un boum sur les panneaux d'affichage électronique plus communément appelés panneaux lumineux... pour particuliers ! Vous en connaissez le principe car, jusqu'alors, surtout utilisés par les collectivités locales, les commerces,... Un grand panneau où il est possible d'afficher du texte à l'aide de diodes électroluminescentes, texte qui peut être agrémenté d'illustrations par caractères spéciaux. Et ce panneau, de la dimension d'un cadre photo numérique ou à peine plus grand, s'accroche chez vous, à votre entrée, à l'extérieur. Et c'est vous, par votre téléphone portable, qui, simplement, par une application spécifique type textos, l'alimentez. Alors ce peut être « Joyeux Noël », « Bonne année », « Nous revenons de suite » ou simplement vos nom et prénoms ou « Bienvenu ! »... C'est devenu le nouveau cadeau à la mode, passe partout !

Bon, évitez les messages du genre « la clé est sous le paillasson » !!!

08/01/2011

# TECHNOLOGIE

## Pour ne pas oublier ses codes

 Enfin elle existe ! Quoi ? Une « carte », ou un boîtier, ou l'équivalent, dans son aspect, à une calculette, bref, la boîte à codes.

En fait, il s'agit donc d'un petit boîtier, de la dimension d'une carte bancaire, légèrement plus épais, équipé d'un écran type calculette et d'un minuscule clavier complet.

Sa fonction : mémoriser et tenir à votre disposition tous vos codes : carte bleue, connexions Internet, codes confidentiels pour différents organismes (CPAM, assurance, banque,...).

La difficulté, pour la conception de cette carte, était la confidentialité, l'inviolabilité puisque tous vos codes d'accès y sont répertoriés. Or, pour activer cette carte, cela se fait par lecture des empreintes digitales : vous posez l'index sur un endroit précis du boitier et il se met en fonction : vous pouvez retrouver tous vos codes, en ajouter, modifier, supprimer.

Ce système de lecture d'empreinte devrait d'ailleurs être adopté pour les téléphones portables.

Bon, évidemment, il ne faut pas perdre le boîtier lui-même. Pourriez pas faire attention quand même, zut alors !

10/01/2011

120

# SCIENCES – ASTRONOMIE

## Un aller simple pour Mars

 Cela avait provoqué une grande émotion à travers le monde lorsqu'on a appris la panne de la capsule transportant le premier cosmonaute, Fred Oldson, sur Mars. Tout s'était pourtant parfaitement déroulé : voyage, « atterrissage », exploration... Et la panne, empêchant tout rapatriement, tout retour vers la Terre. Un drame ! Cependant, des fuites récentes semblent accréditer l'hypothèse que cet aller simple était programmé dès le départ.

En effet : apparemment le choix de l'astronaute aurait été largement dû au fait que celui-ci était gravement malade (on n'en sait pas plus) et que ses jours étaient comptés. Et, techniquement, la gestion d'un aller-retour Terre / Mars demanderait plusieurs années supplémentaires de recherches et mises au point. Bref, un aller simple était possible, pas un aller-retour. Le marché a été mis entre les mains de Fred Oldson qui l'aurait accepté : être le premier homme à marcher sur Mars mais en sachant qu'il n'y aurait pas de retour. Pour l'instant, aucune réponse à ces rumeurs de la part de la NASA mais si les faits s'avéraient exacts...

Il ne pourra être enterré, quoique sur Mars, le terme n'est pas approprié.

13/01/2011

# POLITIQUE – CHOMAGE

## Une idée qui fait son chemin

 Comme à son habitude, le gouvernement fait filtrer une idée par l'intermédiaire d'un député de la majorité pour en suivre la réaction des autres formations, syndicats, médias et citoyen, bref, « l'opinion ».

En l'occurrence, il s'agit du député Marcel Dubue qui ne propose rien de moins que de continuer de réduire constamment le nombre de fonctionnaires mais, pour le permettre et garder un nombre suffisant de salariés d'Etat, d'obliger les chômeurs en fin de droits à travailler pour l'Etat en compensation du RSA. Bref, de la main-d'œuvre quasi gratis ! Et, évidemment, pour vraiment réduire l'aspect « fonctionnaire », sous contrat de droit privé.

C'est vrai que c'est « tout bénef. » : on réduit le nombre de fonctionnaires tout en gardant autant de personnel, on procure du travail même, on réduit le chômage, on fait des économies sur la masse salariale de l'Etat.

Mais, évidemment, les compétences ne sont pas forcément là et ce peut être considéré comme une tentative de suppression de la Fonction Publique. C'est vrai que ce n'est pas évident pour l'Education, la Santé et même la Police... Et, pour les Associations, on aurait mieux compris...

16/01/2011

# POLITIQUE – EUROPE

## Vers la fin du statut de fonctionnaire

 Les fonctionnaires représentent entre 10 et 30% de la population des pays européens, une moyenne de 20%. C'est dire qu'une harmonisation du régime des fonctionnaires est quelque chose d'important. Actuellement, la situation des fonctionnaires est très variable selon les pays de la Communauté Européenne, se répartissant entre régime de droit public et de droit privé. La nouvelle réforme européenne viserait à basculer peu à peu du droit public au droit privé. C'est déjà le cas pour quelques pays, notamment en Europe du Nord et la situation est mixte dans nombre d'autres pays. En fait, cette vaste réforme fait aussi surtout suite à la crise financière de certains pays européens et du déficit conséquent, et donc de la nécessité de réduire fortement la masse salariale des Etats donc le nombre de fonctionnaires.

Pour la France, le droit public prédomine mais des ballons d'essais avaient déjà été lancés. Ce changement de régime risque d'être difficile à faire passer même s'il n'est prévu aucun changement pour les fonctionnaires en service : cela ne concernerait que les nouveaux recrutés.

Serait-ce la fin du métier à vie ? Encore une réforme douloureuse...

19/01/2011

# SCIENCES – MATHEMATIQUES

## Des mathématiques presque réelles...

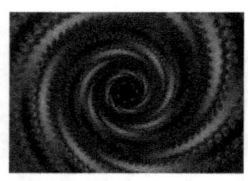 Etonnant et pourtant si évident : le dernier livre, du mathématicien Wolfgang Lucus, pose enfin une explication et interprétation des mathématiques et, plus précisément, physique mathématique. Il y développe son article paru dans Mathematical Reviews qui lui avait valu la Médaille Fields. De quoi s'agit-il ? Pour résumer, il affirme que les mathématiques, à l'instar du langage courant, science, expression artistique, religion, est un langage, une interprétation du monde extérieur en fonction de nos outils de perception. Donc elles sont conformes au monde et aux moyens de perception de ce monde par l'être humain. D'où le fait troublant que le monde puisse être vu comme l'expression même des mathématiques. Ceci explique la traduction possible si « parfaite » de notre monde sous forme d'équations, les constantes n'étant alors (sauf constantes de mathématiques pures), que des correspondances entre les diverses unités de mesures créées par l'homme. Et cela permet la modélisation, moyen d'investigation: la mise en équations du monde par des moyens informatiques poussés qui, à partir d'une situation réelle spatiale donne l'équation correspondante.

La forme d'une galaxie spirale serait-elle réduite à une équation ? Et pourquoi cette équation ?...

21/01/2011

# ECONOMIE – FRANCE

## Le tourisme devient principale économie

Nous savions déjà que la France était la première destination touristique au monde. Le tourisme générait un fort excédent commercial.

Les dernières études affirment cette situation mais mieux : le tourisme est devenu la principale activité économique française !

Tous les autres secteurs sont actuellement en déclin ou limités à peau de chagrin.

La mondialisation s'avère avoir eu cet effet : des pans entiers de notre économie se sont effondrés par délocalisation ou prise de marchés par les pays émergeants. Cela fait longtemps que l'industrie lourde française n'existait quasiment plus, puis ce fut l'industrie légère, les services... Même notre avance technologique bat largement de l'aile maintenant.

Alors il ne nous reste que le tourisme, lui, florissant. Et encore, si cela génère des rentrées de devises et de l'emploi, la plupart des sites touristiques sont propriétés étrangères.

Faut-il se faire une raison : les situations sont-elles inversées ? Ne se retrouve-t-on pas semblables aux pays du tiers monde, simple destination touristique ?...

24/01/2011

# TECHNOLOGIE – INFORMATIQUE

## Lisez vos cartes sur votre PC

 Terminé maintenant les lecteurs de disquettes 3p ½ intégrés à votre PC. Maintenant, bien sûr, vous avez lecteur / graveur de DVD et des lecteurs de cartes flash, (d'appareils photos numériques, téléphones cellulaires. Et bien sûr la généralisation et multiplication des ports USB.

Mais voici qu'un nouveau « périphérique » apparaît de plus en plus systématiquement intégré aux machines : le lecteur de carte ! Vous savez : carte bleue, carte téléphonique, carte vitale, nouvelle carte permis de conduire, cartes de crédits et de fidélité, carte grise électronique... Maintenant, tous nos papiers et justificatifs se retrouvent sous forme de cartes, d'identique format (8,6 x 5,4cm) qui contiennent toutes les informations nécessaires, outre permettant l'utilisation, des données que vous pouvez vous-même consulter (opérations, soldes, points, références,...).

Maintenant, une fois téléchargé le logiciel adéquat, vous introduisez votre carte dans le lecteur de votre PC et vous pouvez ainsi accéder aux informations, moyennant, évidemment, un mot de passe (différent de celui du professionnel).

Bon, il me reste combien de points sur mon permis ?

01/02/2011

# SOCIETE – MAISON

## La pièce placard s'impose

Pas vraiment étonnante, en fin de comptes, la nouvelle tendance qui semble s'imposer : la pièce placard ! Dans certains appartements de standing, il y avait le dressing, pour madame. Dans des logements plus modestes, quelques débarras et c'était le garage qui servait à entreposer tout ce qu'on ne sait pas où mettre ne laissant alors plus de place à la voiture qui, du coup, couchait dehors... A côté de ça, vous voyez dans les magazines des pièces épurées, aérées, avec peu de meubles et encore moins de bibelots. Mais où mettent-ils la vaisselle, les livres et autres tas de petites choses qui encombrent le champ visuel ? La solution est donc là : une pièce spéciale pour ranger tout, aménagée en conséquence, c'est à dire couverte de placards sur les 4 murs, sans fenêtres inutiles, avec coins correspondant à chacune des autres pièces (chambres, salon, cuisine...). En plus, cette pièce, dont l'aménagement est l'objet de tous les soins, peut être transformée, selon besoin d'évolution de la famille, en bureau, chambre supplémentaire... Et réciproquement : une ancienne chambre peut devenir « officiellement », la pièce placard moyennant aménagements dont rivalisent les périodiques consacrés à la maison.

Bon, évidemment, si vous n'avez qu'un F2...

07/02/2011

# TECHNOLOGIE – LIVRES

## Fabriquez vos propres livres

 On dit qu'Internet, que les livres électroniques, remplacent peu à peu nos bons vieux livres papier. Eh bien voilà qui va faire démentir la chose ! En effet, dorénavant, vous pouvez fabriquer vos propres livres! Comment cela ? Et bien à partir du logiciel « Crealivre ». Pas compliqué et hyper performant : vous réalisez votre livre, le contenu, sous un traitement de texte classique, avec textes, photos,... puis vous laissez le logiciel faire le reste. Il suffit de préciser le format du livre à produire et il vous fait la mise en page. A vous de mettre dans l'imprimante le papier correspondant (ou, en A4, mais alors munissez-vous d'une paire de ciseaux ou d'un massicot) et il vous sort les pages. Fin d'impression : on retourne le paquet de feuilles imprimées pour faire les versos. A côté de ça sont commercialisées les couvertures, au choix : cartonnées, cuir... et des feuilles transparentes autocollantes par lesquelles votre imprimante se fera un plaisir de vous sortir les titre, auteur, tranche... à coller sur la couverture. A vous de jouer : composez vos propres livres, vos propres collections, documentaires, romans téléchargés sur Internet (c'est pas bien !), vos créations littéraires, voire votre journal intime.

Dans une bibliothèque, ça a plus de gueule qu'un I-Pad !!!

12/02/2011

# SOCIETE – RELIGION

## De la terre vers le ciel

 Le dernier écrit de Jacques Vendet, théologien, jésuite, suscite la controverse au sein du milieu catholique.

En effet, il y fait une analyse des religions qui banalise et fait apparaître des ressemblances entre les religions, qui ne plaisent pas à tout le monde.

Qu'en est-il ? En fait, il pose la religion, au sens générique du terme, comme une certaine vision du monde, au même titre que l'Art, la Science, les mathématiques,... Et il décrit cette vision comme associant essentiellement le Mal avec la terre (le sombre, le feu, les entrailles de la terre, la pourriture, l'Enfer...) et le Bien avec le ciel, la lumière, la légèreté, le Paradis. Et la vie de l'homme se situe entre les deux : une âme (le Bien) enfermée dans un corps (le Mal), l'âme allant au ciel et le corps allant à la terre lors de la mort. On y retrouve des accents à la Teilhard de Chardin.

Mais son analyse va plus loin : il voit dans les fêtes religieuses de simples détournements de fêtes ancestrales : que ce soit la fête des morts (Halloween,...), les actuelles coutumes de Noël (sapin,...) et même Pâques !...

Les Saints ne seraient-ils que des remakes des dieux grecs ou latins ?

16/02/2011

# TECHNOLOGIE – AUTOMOBILE

## La voiture électrique s'impose

 Dernières statistiques des constructeurs, qui recoupent celles du Ministère de l'Intérieur : le nombre de véhicules électriques ou hybrides a dorénavant dépassé celui des véhicules à énergies fossiles (essence, diesel). En fait, la situation est maintenant semblable à celle de la fin du siècle dernier : la proportion électriques / énergies fossiles est la même qu'à l'époque, diesel / essence.

Certes, plusieurs innovations ont permis cela. Citons, entre autres, l'augmentation énorme du prix du carburant, la possibilité technologique actuelle de recharger les batteries électriques des voitures directement à partir des panneaux photovoltaïques et, surtout, la mise au point – enfin – de batteries plus performantes, moins lourdes et encombrantes, basées non plus sur des phénomènes chimiques mais sur l'induction magnétique pure et dure.

Reste que cela entraîne une forte augmentation de la consommation électrique et donc induit une pérennisation quasi obligée des centrales nucléaires.

La solution serait peut-être la voiture à pédales qui permettrait, en plus, de réduire la gravité des accidents !?

02/03/2011

# SOCIETE – RETRAITES

## Uniformisation des régimes de retraites européens

Il fallait s'en douter car c'est un sujet de préoccupation pour tous les pays de la vieille Europe : la Commission Européenne a décidé de se pencher sur une uniformisation des régimes de retraites. Un groupe de travail est donc chargé d'élaborer une proposition en ce sens.

Le principe en est simple : faire une péréquation des différentes solutions existantes, en dégager une « moyenne » et amener alors les différents pays européens à rejoindre cette moyenne. Evidemment, l'autre critère étant que le système ainsi élaboré soit viable c'est à dire que les recettes y équilibrent les dépenses. Et un délai de 10 ans sera alors posé pour atteindre ces objectifs. Il est même question d'un régime « souple » modulable en fonction de l'activité économique. On voit là une procédure qui commence à être systématisée aux différents domaines abordés : définir la situation « moyenne » viable, y amener tous les pays européens à la rejoindre en un laps de temps donné avec une évolution définie d'avance en fonction des circonstances.

Ça promet des confrontations à Bruxelles mais aussi dans chacun des Etats membres !...

25/04/2011

131

# SOCIETE – ALIMENTATION

## Le retour du pain

 Etonnant ce revirement de situation : le pain a depuis toujours, ou presque, été la base de l'alimentation humaine et ce plus ou moins partout à travers le monde. Disons, plus généralement, de féculents. Et puis les nutritionnistes sont venus nous dire qu'il fallait surtout manger des produits frais : fruits et légumes, varier plus notre alimentation. Rajoutez à cela une variation grandissante des mets proposés à la consommation et le pain ne faisait plus recette.

C'est vrai que, côté boulangerie, de gros efforts de création de variétés de pain ont été faits depuis quelques années. Mais là, c'est net : il a suffi que quelques diététiciens remettent le pain à l'honneur et voilà de quoi déclencher un fort retournement de situation : le pain redevient la base même, l'élément essentiel, de notre alimentation ! La production décolle au détriment des plats préparés notamment. Précisons : cette évolution concerne essentiellement les pays riches occidentaux. Les autres - lorsqu'ils peuvent manger - n'ont pas forcément, précédemment, quitté la prééminence du pain...

Bon, de là à imaginer que tout le monde va se mettre au sandwich...

06/05/2011

132

# SOCIETE – CLIMAT

## Les Pays-Bas menacés d'inondations

Cette fois-ci la situation est sérieuse : les scientifiques nous alertaient sur le réchauffement climatique, la fonte des glaces polaires et la montée du niveau des mers et océans. Mais cela devait être relativement limité quant aux conséquences et, surtout, sur une échelle de temps assez longue. Or il s'avère que le phénomène, déjà déclenché, s'est auto accéléré. La montée des eaux est beaucoup plus rapide et importante que prévue. Et cela constitue une menace directe et imminente pour, évidemment, les Pays-Bas dont une bonne partie du territoire est sous le niveau de la mer (actuel) et protégé par des digues. On parle d'une montée de 3 m des eaux de la Mer du Nord et de la Manche d'ici simplement une petite dizaine d'années alors qu'il était question, jusqu'à présent, de siècles. Or les digues ne sont pas adaptées à une telle amplitude. Bref, malgré le plan Delta, si rien n'est fait, c'est l'inondation assurée. Il s'agit là d'un chantier gigantesque pour rehausser l'ensemble des digues et même, par endroits, en créer de nouvelles et ce, maintenant, en plus, dans l'urgence.

Et cela a un coût non supportable par la Hollande seule : les contribuables européens devront mettre la main à la poche.

09/05/2011

# SOCIETE – FRANCE

## Le boum des plages du Nord

 Il y a quelques années, Berck Plage n'était pas une destination privilégiée des touristes, loin s'en faut. Certes plage immense de sable fin mais des températures, du vent, de la pluie, à rester en K-way. Cela peut être romantique mais ne permettait guère le bronzage... Et il en était de même de toutes les plages de la Mer du Nord, voire de la Manche.

Il n'en est plus de même aujourd'hui et cela fait maintenant quelques années : une conséquence inattendue du réchauffement climatique ! En effet, des derniers chiffres du tourisme en France, il s'avère que la Côte d'Opale dame le pion à la Côte d'Azur. Elle devient même le lieu où les nantis construisent leurs demeures. Evidemment, les prix de l'immobilier s'en ressentent fortement.

Le climat y est celui du Sud de la France d'il y a quelques décennies alors que le Sud, aujourd'hui, se désertifie, est soumis à de nombreux feux de forêts, devient désespérément sec.

Mieux : on voit quelques palmiers apparaître sur les grandes avenues des villes du nord...

Et c'est tellement plus près de Paris !

11/05/2011

134

# SOCIETE – FRANCE

## Télé Nostalgie existe enfin !

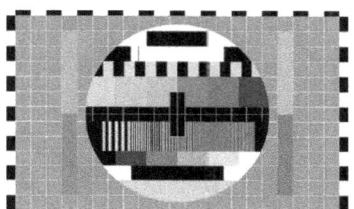 Il fallait s'en douter : déjà nous avions Radio Nostalgie et Radio Bleue, alors, Télé Nostalgie Bleue...

En fait, cette nouvelle chaîne TV, accessible via le câble, les bouquets ADSL ou le satellite, est l'équivalent télévisuel, dans l'esprit, à Radio Nostalgie et Radio Bleue. Mais c'est une vraie chaîne de télévision et non pas une télévision « Internet » ou un site comme il en existait déjà. D'ailleurs, elle est rattachée au groupe France Télévision !

Elle est consacrée aux succès divers du passé : tubes, feuilletons télé ou émissions cultes, vieux films, mode passée, les grands évènements d'un passé relativement récent.

Et donc a pour public privilégié les plus de 50 ans. Les autres émissions sont consacrées aux sujets intéressant « nos aînés », les retraités. Un partenariat existe d'ailleurs avec le magazine « Notre temps », partenariat qui complète ainsi celui entre France Bleue et Radio Nostalgie à l'origine de la création de cette nouvelle chaîne.

Ce n'est plus la ménagère de moins de 50 ans qui est visée mais bien l'autre...

13/05/2011

135

# TECHNOLOGIE

## Une adresse GPS

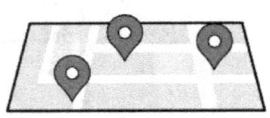 Techniquement, c'est possible. Nous le savons et le vivons tous les jours lorsque nous nous déplaçons en voiture, si équipées de GPS. Enfin beaucoup de téléphones portables offrent cette possibilité de nos jours. De quoi s'agit-il ? De la localisation GPS. Rien de nouveau me direz-vous. Et bien si ! Cette donnée de géo localisation est maintenant considérée au même titre que votre adresse postale et utilisée de même avec beaucoup plus de souplesse et de fiabilité. En fait, il s'agit d'une localisation par satellite via un système GPS. Ce système peut être le classique embarqué dans votre véhicule, mais aussi par un « GPS » piéton (ou vélo), un téléphone portable ou un logiciel sur votre PC, fixe ou portable.

Cette information – votre localisation - peut être transmise à un tiers par messagerie électronique, suite de chiffres ou code barre imprimé sur enveloppe : destinataire et expéditeur. Ainsi, cette donnée est alors directement utilisable par le GPS, téléphone, logiciel,... de votre correspondant. Conséquences pratiques : traitement de l'expédition du courrier postal par code barre, plus grande précision du GPS voiture, localiser votre correspondant sur une carte...

Difficile alors de raconter des histoires... !!!

19/05/2011

136

# SOCIETE – IMMIGRATION

## Le dossier qui fait scandale

 A première vue, le second rapport établi par des chercheurs de l'Université de Lille confirme le premier : la présence immigrée est une bonne chose pour les finances publiques françaises. Mais là, le rapport va plus loin, tout en s'élargissant aux immigrations dans d'autres pays, notamment aux USA. Et que dit ce rapport qui fait scandale ? C'est simple : autant l'intérêt de l'immigration semble être un argument contre ceux qui la combattent, autant le « petit » bémol apporté à cette nouvelle étude a des relents de racisme, ségrégationnisme, rejet de l'étranger. En effet, il y est dit que cette population sert de main d'œuvre bon marché cantonnée dans des emplois sous qualifiés de domestiques, personnes à tout faire, ouvriers non qualifiés, bref sous prolétariat pour ne pas dire « esclaves »... et que c'est une bonne chose, voire dans l'ordre des choses ! Quelques illustrations sur la proportion d'étrangers dans les emplois de serveurs aux USA, sur celle des usagers du métro, ceux qui s'entassent, voyagent sous terre et habitent à l'écart, dans des quartiers spécifiques (banlieue parisienne, Bronx...), complètent le tableau.

Oh rien d'explicite quand même dans la formulation mais un certain goût, pas des meilleurs, s'en dégage.

22/05/2011

# SCIENCES – PHYSIQUE

## Quasi autant de particules que d'éléments ?!

 Vous avez tous en tête la fameuse classification périodique des éléments ou table de Mendeleïev, avec ses 118 éléments chimiques. A côté de ça, à une échelle plus petite (les constituants de ces éléments) on vous avait enseigné qu'il y avait 3 particules : protons, neutrons, électrons. Bon, ajoutons le photon quand même. Simple, facile, compréhensible.

En fait, d'autres particules ont été découvertes : Fermions, Bosons, Quarks, Leptons, Hadrons, Mésons, Baryons, Muons, Neutrinos, et j'en passe... Cela correspondait à un « tableau des particules du Modèle Standard ». Et voilà que le Département de Physique et d'Optique de l'université Laval au Québec vient d'émettre l'hypothèse qu'il y aurait beaucoup plus de particules que ça, plus ou moins stables (comme les atomes !?). Et qu'en fait, à la manière de celui de Mendeleïev, nous devrions arriver à un tableau des particules de plus d'une centaine d'éléments. Evidemment, la question qui se pose alors est de savoir si, à la manière des éléments chimiques, ce n'est pas révélateur d'une structure interne des particules, bref, un sous niveau encore ?...

Que ce soit vers le micro ou le macroscopique, on n'en sort décidément pas : chaque fois un nouveau niveau apparaît !!!

25/05/2011

# SOCIETE – FRANCE

## Vous êtes Bordeaux ou Bourgogne ?
## Renault ou Peugeot ?

C'est étonnant comme parfois les goûts sont tranchés. Ainsi, vous avez des inconditionnels de Peugeot, qui remplacent leur Peugeot par, évidemment, une Peugeot.

Mais vous avez aussi ceux qui préfèrent le Bourgogne au Bordeaux !

Or, justement, d'après la dernière enquête du CREDOC, sur ces deux points, il y aurait corrélation : ceux qui roulent en Peugeot préfèrent le Bourgogne et ceux qui ont une Renault apprécient le Bordeaux !!! A quoi cela tient ? Difficile de le dire car il ne s'agirait là que de supputations. Peut-être est-ce que la gamme Renault est plus diversifiée que Peugeot, qu'on y trouve plus « d'entrées de gammes » comme pour le Bordeaux, les crus de Bourgogne étant plus resserrés ?

Et les autres me direz-vous ? Ceux qui conduisent des véhicules d'autres marques ? Eh bien, de même, ils goûtent mieux les autres vignobles ! Bon, là, c'est moins marqué, plus diffus, une simple légère tendance.

Et oui, comme le disait le fameux slogan : boire ou conduire, il faut choisir...

05/06/2011

# TECHNOLOGIE – INTERNET

## La télévision ADSL enfin disponible

D'un côté, Free offrait la possibilité de disposer de plusieurs décodeurs de manière à pouvoir voir les différentes chaînes de télé de son bouquet sur plusieurs postes contrairement aux autres fournisseurs d'accès Internet. D'un autre côté, des ordinateurs de plus en plus petits et peu chers (netbook) se répandent. Enfin de plus en plus de chaînes de télévision émettent aussi en numérique sur Internet. Il est même maintenant possible, sur certains sites Internet, de disposer d'applications permettant de recevoir, plein écran, ces chaînes « Internet ».

Il n'en fallait pas plus pour qu'apparaissent sur le marché des petits boîtiers qui sont de vrais petits ordinateurs dédiés, qui se connectent à votre téléviseur et permettent alors, si vous disposer évidemment déjà d'un abonnement Internet avec connexion Wifi possible, de recevoir, plein écran, toutes les chaînes de télévision numériques ! Bref, rien de très innovant mais surtout une combinaison astucieuse des possibilités technologiques actuelles et ce, à peu de frais.

Fini les câbles, prise TV, paraboles, râteaux... : une télé, ce boîtier, un abonnement Internet avec Wifi et le tour est joué !!!

08/06/2011

# SOCIETE – JEU

## Le Tour de France des villes

De nombreux nouveaux jeux de société apparaissent chaque année, notamment à l'approche des fêtes. Mais celui-ci se distingue par le succès qu'il a auprès des profs, dans le milieu scolaire.

« Le tour de France des villes » est un mélange de Trivial Poursuit, Monopoly, Mille Bornes, et autres Petits chevaux. En tout cas rien à voir avec un jeu de quizz sur Internet qui porte pourtant le même nom. Le principe : un plateau représentant la carte de France, quadrillé par 80 carrés de 80km de côté, un rond numéroté dans chaque carré représentant une ville. Chaque joueur choisit une case de départ, puis, à tour de rôle, lance le dé et se déplace du nombre de cases correspondant. Le but est de parcourir le 1er 3200km. Lorsqu'il atteint une case, le joueur doit donner le nom de la ville. S'il y arrive, pas de problème, sinon, il tire une carte et doit alors soit revenir à son point de départ, soit se rendre directement à une ville, soit répondre à une question pour avancer, soit... Chaque joueur dispose d'un boulier de 40 boules où il comptabilise ses déplacements. Le 1er qui a déplacé ses 40 boules a gagné.

Versions en cours pour l'Europe, le monde, et aussi le tour de France cycliste avec un circuit et des étapes un peu similaires.

11/06/2011

# POLITIQUE – FRANCE

## Plus à droite que le F.N.

Comme cela arrive dans les partis politiques qui prennent de l'importance, avec le développement du Front National, des courants sont apparus en son sein.

Le « radoucissement » du F.N. a eu pour conséquence la cristallisation de son aile droite qui vient de se matérialiser par une scission : le F.N. n'est pas le genre de parti admettant l'idée de courants à l'intérieur du parti. Ainsi vient donc d'apparaître le Nouveau Parti National. Il s'agit d'un parti qui se veut ouvertement d'extrême droite, voire d'ultra droite, avec les idées qui vont avec, tout en se gardant bien de dépasser les limites qui pourraient entraîner son interdiction ou des propos sujets à condamnation juridique. Sinon tout y est : préférence nationale évidemment, Europe des nations, mais aussi référence aux origines indo-européennes, au christianisme, à l'Histoire, au colonialisme, aux identités régionales... Et, pour changer un peu, le logo en est, certes une flamme, comme le FN, mais sortant d'une coupe supposée être l'évocation du saint Graal.

A se demander si cette création n'est pas opportune pour le Front National qui, ainsi, n'est plus le parti d'extrême droite qui effrayait !?...

15/06/2011

142

# TECHNOLOGIE – ENERGIE

## D'autres énergies renouvelables

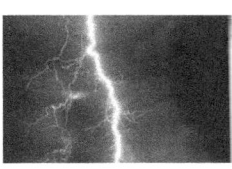 Réchauffement climatique par émissions à effet de serre, CO2 rejeté, énergies fossiles, risques nucléaires, d'un côté. Géothermie, éoliennes, énergies photovoltaïque, hydroélectrique, bref énergies renouvelables d'un autre. Les énergies renouvelables actuelles ne suffisent pas pour remplacer les énergies polluantes. D'où la recherche pour trouver, exploiter, d'autres sources d'énergies propres. Pas évident. En fait, il y a des énergies dans la nature mais encore faut-il pouvoir les maîtriser. Le principe est de pouvoir passer d'une énergie « brutale », forte mais épisodique, à une énergie domestiquée ou, au contraire, d'une énergie diffuse à une énergie concentrée. Toute la recherche est là. Ainsi vient d'être construite, dans les Alpes, une première centrale électrique récupérant l'énergie de la foudre. Plus exactement, il y a récupération électrique liée à la différence de potentiel électrique dans l'atmosphère, entre la terre et le sommet des nuages à l'aide d'un filament vertical très haut, une sorte d'immense paratonnerre permettant une récupération « douce » de l'énergie électrique, évacuant l'électricité « en continu » plutôt que par décharges électriques brutales.

J'aurais plutôt pensé à la Bretagne pour ce type d'installation... Tonnerre de Brest !

17/06/2011

# SCIENCES – PSYCHOLOGIE

## J'ai fait un rêve...

Après une époque « freudienne » nous assistons à un retour des partisans de Jung. Nombre critiques ont été faites, récemment, sur les théories de Freud et, plus généralement, sur la psychanalyse. Ce nouvel écrit conforte cette tendance.

Par la dernière publication de Charles Mundsen, « J'ai fait un rêve », on retrouve la théorie de l'inconscient collectif cher à Jung et tant décriée à l'époque. En fait, le psychiatre de renom, dans son livre, recense ce qui relève d'archétypes, de fantasmes ou plutôt de rêves éveillés, d'imagination, de séquences de scénarios communs, ou très courant, à tout individu. Et c'est ce qui en fait son intérêt : si les arguments développés ne sont pas nouveaux, il est à noter ce listage de « séquences », situations imaginaires, mini scénarios. En effet, comme un dictionnaire de rimes pour le poète, son ouvrage constitue un thésaurus très utile pour l'écrivain, le scénariste, voire l'auteur de chansons, pour assurer un succès à sa création. Et ce travail est en pleine évolution car Charles Mundsen fait appel aux internautes pour alimenter la liste et pour sélectionner les plus répandus.

Les grands romans se réduiraient-ils à ça : une expression de ce que chacun imagine secrètement à ses moments perdus ?

20/06/2011

# ECONOMIE – GRECE

## La Turquie rachète la Grèce

C'était dans l'air depuis un certain temps : d'un côté, la situation financière de la Grèce était catastrophique. De l'autre, l'économie de la Turquie est florissante. Alors, sous pression des banques et de l'Union Européenne, la Grèce s'est résolue à vendre à la Turquie toute une série d'îles grecques proches de la Turquie. C'était en fait la moins pire des solutions. En effet, les privatisations constituaient une menace bien plus importante pour la souveraineté grecque car 2 prédateurs guettaient: la Chine et les pays du Golfe.

Evidemment, la Turquie souhaitait, par un rachat, pouvoir acquérir l'ensemble de l'Ile de Chypre mais là, c'était trop demander à la Grèce et difficile alors de faire passer la chose auprès des chypriotes grecs ! Ce n'est que parce que c'était la seule solution permettant d'éviter de fortes mesures d'austérité qui ne passeraient pas auprès de la population (ou du moins pouvoir les étaler dans le temps, notamment la lutte contre la corruption et la fraude) que les grecs ont accepté cette humiliation vis à vis de leur ennemi juré...

C'est vrai qu'à voir tous les petits grains de sables apparaissant sur la carte de la mer Egée, il y a de quoi faire !!!

22/06/2011

# SCIENCES – HUMAIN

## La bataille « inné / acquis » se termine

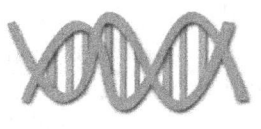 Cela aura duré des décennies, voire des siècles mais, dans les milieux scientifiques, il n'y a plus guère de contestations et on peut considérer que la « bataille » entre les partisans de l'inné et ceux de l'acquis soit terminée.

Disons qu'il y avait, philosophiquement, deux écoles : celle qui prétendait à la suprématie des gènes, de l'hérédité, de la marque et origine physiologique des « évènements » et caractéristiques de l'Homme, et celle qui donnait la priorité à l'acquis, l'environnement, les situations et évènements extérieurs.

En fait, il y a une part de chaque, plus ou moins variable, mais les choses se sont rééquilibrée : l'inné a repris beaucoup d'importance depuis le développement et les avancée de la recherche sur le génome humain, reléguant à moindre influence le psychologique, l'influence évènementielle (de petite enfance notamment) chers à Freud.

A noter le fort rejet – heureusement - de toute interprétation eugénique de cette tendance.

Mais, qui sait, avec le temps, le « balancier » peut encore évoluer. Ça me rappelle le roman d'Arthur Koestler « Le yogi et le commissaire »...

24/06/2011

# SOCIETE – GASTRONOMIE

## Des plats en pâtes à tartiner

Nous connaissions les fameuses pâtes à tartiner à base de chocolat : je ne citerai pas de nom... Mais il en existe bien d'autres, généralement à tendance sucrée, à base de fruits, champignons, ou les pâtes de fromages, sans oublier les pâtés.

Mais de là à imaginer de la crème de jambon / beurre emmental, frites / œufs ou steak haché, voire poulet basquaise, raviolis et autres plats cuisinés sous forme de crème, il fallait oser ! Et bien c'est ce que vient de mettre sur le marché la société « Bien Manger », spécialiste de la vente par Internet de plats cuisinés.

Et cette société ne se contente plus de commandes par Internet aux particuliers mais a ouvert des boutiques de restauration rapide, disons même de sandwicheries, ou vous pouvez, pour 4€, composer vous-même votre sandwich, un peu comme lorsque vous achetez une glace : différents pots, de divers parfums et vous choisissez. Et c'est vrai que si l'aspect n'est pas vraiment là, le goût y est : vous reconnaissez la saveur typique du plat choisi. Et ça marche !

Ça n'en reste pas moins un sandwich : Troisgros, Bocuse ou Fauchon n'ont guère de craintes à avoir.

27/06/2011

# POLITIQUE – PSYCHOLOGIE

## Je suis donc je pense

 Chaque militant vous jurera ses grands dieux que son engagement politique tient essentiellement aux idées. Bon, il y en aura toujours qui optent pour un parti politique simplement par stratégie de carrière, parce qu'il est parfois nécessaire d'avoir une étiquette pour avoir un soutien. Pourtant une vaste étude vient d'être réalisée par Sciences Po. de Lyon 2 pas inintéressante : il s'agissait de définir, le profil psychologique type du sympathisant (adhérent, militant, cadre) de tel ou tel parti politique. Et le résultat est là : à chaque parti politique correspond un profil psychologique. C'est vrai qu'on s'en doutait un peu et que des images d'attitudes sont associées et bien caractéristiques de chaque parti : ceux de droite seraient plus sanguins, autoritaires, matérialistes, directs, une mentalité de loups dans son concept de horde, de chef,... Ceux de gauche plus « empathiques », mais aussi plus propices aux « arrangements », ceux du centre plus hésitants, raisonnables, s'affirmant peu, etc.

Bref, certes il y a les idées, mais elles ne sont en fait que l'expression commune d'un type de caractère.

Serait-ce alors que les apolitiques n'auraient aucun caractère ?

29/06/2011

148

# POLITIQUE – MONDE

## Bientôt plus de place…

 ... pour la contestation, la révolte, les manifestations et autres occupations ou sittings...

Oui, l'aménagement de la place Tiananmen qui, de fait, a fait quasi disparaître cette place à caractère pourtant historique, la plus grande place au monde, fait des émules. Il est clair que l'intention des autorités chinoises était de ne pas offrir un lieu aussi privilégié et stratégique pour toute manifestation de contestation du régime. C'est maintenant pratiquement impossible. Et l'idée semble reprise dans plusieurs Etats, comme une traînée de poudre lente, essentiellement de type autoritaire pour ne pas dire dictatorial. Ainsi, citons les places Tahrir au Caire et en Tunisie mais aussi de Syrie, d'Algérie, du Yémen, d'Iran, Bahreïn, Oman et même du Maroc. Ajoutez quelques velléités dans certains pays d'Afrique et du sud-est asiatiques et vous avez une idée de l'ampleur du phénomène.

Il apparaît plus dangereux de disposer de ces lieux de rassemblements dans le cadre de contestations que d'avantages pour des manifestations de soutien aux régimes.

Rassurez-vous : aucun risque pour la place de l'Etoile ou de la Concorde : avec les voitures, il n'y a déjà plus de place !

01/07/2011

149

# SCIENCES – PSYCHOLOGIE

## L'avenir est imprévisible

 Les thèmes d'investigation des chercheurs sont parfois surprenants : c'est le cas pour l'étude réalisée par l'Université de Psychologie de Paris 5. En effet, le but de cette recherche était de savoir s'il y avait corrélation entre croire en un certain avenir et sa réalisation. Et ce qui est le plus troublant, c'en sont les conclusions. Il s'agit d'une étude statistique réalisée, initialement, à partir de demande, auprès de volontaires, pour deviner un tirage au sort de lettres, puis sur des éléments relevant plus d'implications émotionnelles d'une part, de déductions logiques d'autres part. Bref, les diverses facettes : hasard, envie, raison, et savoir là où la fiabilité était la plus forte. Or les conclusions sont opposées à ce qui était envisagé.

Il s'avère, selon cette étude, qu'au contraire, une tendance forte se dégage selon laquelle c'est l'opposé, l'imprévisible, qui se réalise quasi systématiquement, par rapport à la conviction profonde : si, intimement, on croit qu'une chose doit se réaliser, elle ne se réalise pas et c'est l'imprévisible qui a lieu.

Mais pourquoi alors la prière ? On espère fortement mais sans trop y croire, donc c'est qu'on y croit pas, et donc réalisation possible ?...

03/07/2011

150

# SCIENCES – PSYCHOLOGIE

## Retour vers le futur

La dernière étude réalisée par l'Institut de psychologie de Lyon 2 est partie de l'image commune que les personnes âgées retrouvent plus facilement leurs souvenirs d'enfance.

Mais en fait, d'après les conclusions de cette recherche, ce ne sont point uniquement des souvenirs : les personnes âgées (plus de 55 ans dans l'étude) auraient surtout plus tendance, plus envie, de profiter de la retraite pour enfin réaliser leurs rêves d'enfance (avant 15 ans), soulagées de leur vie professionnelle et de parents alors que la période « adulte » sera la réalisation professionnelle et personnelle des orientations prises à l'adolescence (entre 15 et 25 ans). Dans cette étude, la toute petite enfance, par contre, elle, n'est pas concernée, ou du moins pas étudiée car elle a déjà fait l'objet de nombreuses investigations qui avaient abouti aux principes fondamentaux de la psychanalyse. C'est un autre domaine.

La réalisation des rêves d'enfant : charmant programme pour une retraite ! Mais toute une vie est passée entre, les goûts et plaisirs ont évolué et la réalisation de fantasmes est parfois décevante...

06/07/2011

# SCIENCES – PSYCHOLOGIE

## Les intellectuels n'ont pas de chance

Le titre de cet article est un peu exagéré et donc déformé.

En fait, nouvelle étude réalisée par l'institut de psychologie de Paris 5 (voir autre article) dans la même veine que la précédente : y a-t-il un profil psychologique des « chanceux » ?

La réponse est oui ! Oh, ce n'est pas si net que ça mais quand même...

Le principe initial est simple : un jeu du loto ! Et le résultat : les personnalités « spontanées », les artistes, ceux qui vivent le moment présent sans trop réfléchir, les extravertis, ont nettement de meilleurs résultats que ceux qui calculent, sont « raisonnables », réfléchissent, les intravertis.

C'est un peu comme si le comportement naturel, inconscient, donnait accès plus facilement à certains « pouvoirs » de prémonition, à certaines facultés de liaison avec le monde, qui seraient annihilées par le sur-moi, la conscience, la raison.

Des pouvoirs oubliés, certes, mais attention aussi à l'obscurantisme : il faut savoir équilibrer les deux, sciences sans inconscience n'est que...

09/07/2011

# POLITIQUE – FRANCE

## La fin du régime présidentiel

Depuis qu'on en parlait, ça y est, c'est fait : la nouvelle Constitution a été votée en Assemblée plénière à Versailles. La 6ème République est née !

Mais alors pouvait-on s'attendre à cela : un consensus général s'est fait entre PS et population française pour permettre ainsi au favori des français d'exercer véritablement le pouvoir en France alors qu'il n'avait pu se présenter à la Présidence de la République. Les choses allaient mal et cela apparaissait comme le recourt « naturel » ultime.

Ainsi maintenant, comme dans maint pays européens – président de la République ou monarque - le chef de l'Etat préside mais ne gouverne pas : son rôle est considérablement diminué au profit du Premier Ministre qui devient, de fait, le véritable gouvernant, chef de l'Etat, l'équivalent du 1er Ministre anglais, espagnol, belge ou président du Conseil italien, chancelier allemand...

Depuis Poutine, cette manipulation permettant au n°2 d'être le véritable n°1 a fait des émules.

De Gaulle doit se retourner dans sa tombe... !!!

12/07/2011

# TECHNOLOGIE – MONDE

## Transfert de technologie sur Internet

Actuellement, le transfert de technologies est souvent inclus aux marchés industriels entre pays développés et pays émergents. Avant, cela se faisait aussi par copie de produits ou en consultant les parutions scientifiques, industrielles ou d'ingénierie. Depuis quelques temps se sont mis en places des sites Internet spécialisés de vente de brevets, de transfert de technologie.

Mais une étude récente de l'Ecole Nationale des Mines de Saint Etienne montre qu'une bonne partie des transferts de technologies proviennent de recherches sur Internet.

En effet, des « officines » sont créées peu à peu dans les pays émergents, chargées de rechercher, systématiquement, sur Internet, et dans tous les domaines utiles, toutes les données scientifiques, technologiques, et industrielles possibles, de les trier et les fournir aux industriels.

Si les technologies ainsi récupérées ne sont pas complètes et pas forcément directement opérationnelles, elles permettent de faire avancer considérablement la recherche dans ces pays.

La révolution Internet n'a pas fini de nous surprendre et de participer à l'évolution humaine !

18/07/2011

# SOCIETE – RESTAURATION

## Fast-food ou manger à toute vapeur

 L'idée n'est pas véritablement nouvelle. Cela avait déjà commencé par l'ouverture de fast-foods (pardon : restaurations rapides) uniquement dédiés au poisson ou aux mets cuits exclusivement à la vapeur.

Mais, en y mettant les moyens, une nouvelle chaine de restauration rapide commence à s'imposer, mettant à mal l'omniprésence des Mac Do, Quick et autres KFC sur ce créneau.

Car cela prend, et même bien ! La tendance étant aux régimes alimentaires, au naturel.

Vous y trouverez tous les poissons ainsi que des légumes frais (et rien d'autre) uniquement en cuisson vapeur. La cuisson en est rapide et les saveurs conservées.

Evidemment, comme c'est la tendance, produits bio et circuits courts…

Ah, j'oubliais, mais vous connaissez déjà maintenant car il y en a probablement un près de chez vous : il s'agit de la chaine « A toute vapeur »...

Au moins ce type de restaurant ne risque pas de se décliner à toutes les sauces !

24/07/2011

# SOCIETE – TRANSPORTS

## Les français boudent les autoroutes

Après une forte embellie, les sociétés d'autoroutes (VINCI en particulier) constatent une diminution notable du trafic autoroutier.

Une enquête a donc été menée auprès des usagers et, force est de constater que cette baisse de fréquentation est directement liée à la hausse conséquente du prix des carburants.

En effet, les déplacements reviennent maintenant très chers et la seule solution, lors de déplacements longs, est de rogner sur d'autres dépenses.

Alors, fatalement, l'économie s'est portée sur les péages.

Les vacanciers préfèrent dorénavant privilégier le plaisir de la traversée des régions françaises à la rapidité du voyage... et ainsi, en plus, rester dans leur budget « vacances » sans trop se priver sur place.

Sans concurrence et pensant « tenir en otage » (expression un peu forte) les vacanciers, les prix des autoroutes avaient tendance à augmenter un peu trop fréquemment (même si sous accord de l'Etat). Il n'est pas impossible que, bientôt, les tarifs soient à la baisse...

29/07/2011

# SCIENCES – ASTRONOMIE

## Les révoltes arabes expliquées par l'activité solaire

L'activité solaire commence à être connue du monde scientifique. Ainsi, depuis longtemps maintenant, a été observée l'évolution des tâches solaires, du rayonnement, des orages magnétiques. Des cycles, notamment de 11 ans, ont été établis.

Des suppositions en ce sens avaient été émises mais, d'après l'étude récente de la NASA, une forte corrélation entre l'activité solaire et les mouvements sociaux vient d'être mise en évidence. En fait, cela ressemble étrangement au phénomène de nervosité observé chez les animaux à l'approche d'un classique orage. Mais là, c'est à une toute autre dimension, à l'échelle de grandes régions humaines. C'est durant la phase de développement, les prémices, des orages magnétiques, des pics d'activités solaires, de l'augmentation des tâches, qu'apparaissent, sur Terre, cette situation de nervosité sociale. Certes, les conflits sociaux sont liés à des situations économiques mais celles-ci ne sont que paramètres, probablement lui-même cyclique. Et c'est lié aussi au contexte politique, évidemment. La dernière période pré « pic d'activité » de 2011 a été significative en ce sens.

Bah, souvent un bon orage fait du bien pour la suite...

02/08/2011

# SCIENCES – MEDECINE

## Le cancer se développe là
## où le champ magnétique baisse

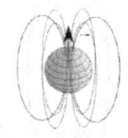 Il ne s'agit pour l'instant que d'une étude statistique réalisée par le département de géomagnétisme et paléomagnétisme de l'Institut de physique du globe de Paris (IPG). Mais cela est déjà très révélateur : le nombre d'individus atteints de cancer est inversement proportionnel à l'intensité du champ magnétique terrestre. On sait déjà que le champ magnétique terrestre n'est pas uniforme et est variable selon le lieu, de même que la répartition des cancers. Certes les cancers sont plus nombreux dans les pays développés, ce qui cache un peu les résultats statistiques. Mais peut-être est-ce simplement dû au fait que les régions développées sont souvent peuplées et situées aussi dans les mêmes zones géomagnétiques (zones tempérées Nord et Sud). Cela n'est pas étonnant en soi puisque la magnétosphère sert de bouclier contre les radiations cosmiques et la radioactivité en général source de mutations génétiques. Ce qui est le plus inquiétant c'est la diminution constatée du champ magnétique terrestre (peut-être liée à une inversion des pôles magnétiques) qui s'accompagne par un accroissement mondial du nombre de cancers.

Hé, qui sait, peut-être pourra-t-on un jour soigner le cancer par exposition à un fort champ magnétique ?!...

31/08/2011

# POLITIQUE – MONDE

## Le réveil de l'identité berbère

 Le récent sommet Nord-Africain, a révélé une tendance forte, une lame de fond : le retour à l'identité berbère ou Amazigh devrait-on dire ? Par un hasard sémantique, ce dernier, mot de la langue berbère est l'équivalent du mot « berbère » mais aussi « d'homme libre », « rebelle » et supplante dorénavant le terme « berbère », mot d'origine occidentale, déformation de barbare. Le mot est ressorti lors du « printemps arabe » qui vit la chute successive des régimes dictatoriaux de Tunisie, Egypte, Libye puis algérien et marocain, sous l'impulsion de ces deux derniers pays : les rebelles, les hommes libres.

La fin du régime marocain dont le souverain était « descendant du prophète » a été le verrou de l'Islam sur l'Afrique du Nord qui sauta et déclencha cette renaissance berbère. Certes, nous avons assisté durant quelques temps à des rivalités entre ethnies, aussi bien à l'intérieur de chaque pays (Libye, Maroc,...) que tensions entre ces pays. Mais l'heure du rapprochement et de la fierté berbère semble venue.

Ce renouveau berbère n'est pas sans déplaire d'ailleurs aux puissances occidentales qui voient là un rempart à l'islamisation de l'Afrique du Nord et qui donc le soutiennent discrètement.

04/09/2011

# SCIENCES – TECHNOLOGIE

## Un 6$^{ème}$ sens au service des malvoyants

 Depuis plusieurs années déjà l'étude de la magnéto réception et de l'orientation des oiseaux migrants grâce au champ magnétique semblait montrer qu'il existait un sixième sens pour divers animaux, plus ou moins développé selon les espèces : oiseaux, poissons mais aussi, à une plus faible échelle, quasiment tous les êtres vivants. Pour l'homme, cette faculté est quasi anéantie par le développement d'autres capteurs sensoriels, notamment la vue classique. La révolution technologique qui vient d'avoir lieu va permettre aux non-voyants d'avoir une autre « vision » de leur environnement. Là, point de caméras miniatures dont les images seraient converties en influx nerveux mais un développement artificiel de ce 6$^{ème}$ sens : capter l'image magnétique de l'environnement et ce en utilisant et amplifiant le rôle de la magnétite présente dans le cerveau et de l'œil, tiens !?.... Le résultat semble montrer que l'effet est un peu comme si la personne « voyait » son environnement sous un autre spectre de lumière, comme s'il voyait alors d'autres couleurs qui n'existent pas en vision classique, ultraviolet et infrarouge compris mais surtout l'aiderait considérablement à s'orienter, se déplacer.

Voilà tout un horizon qui s'ouvre pour les peintres : de nouvelles couleurs qui n'existent pas !...

12/09/2011

# SOCIETE

## Un mouvement pour le refus d'Internet

 Etonnant : nous assistons de plus en plus à un mouvement de refus d'Internet !

C'est assez classique, et ce à toute époque, que certains refusent le progrès technologique pour se réfugier dans un mode de vie passé. C'est souvent le cas au sein de mouvements religieux par exemple. Là, le mouvement semble important et prend de l'ampleur : ce ne sont pas que les personnes âgées qui ne s'y mettent pas, mais bel et bien des gens comme vous et moi qui suppriment leur abonnement Internet – et leur téléphone portable – se désabonnent des réseaux sociaux, suppriment leurs adresses mail... Et donc plus question de Google, réapparition des cartes postales, à nouveau demandes pour l'installation de cabines téléphoniques,...

La « crise » y est certainement pour quelque chose : il n'y a pas de petites économies et la suppression d'abonnements permet déjà de récupérer une cinquantaine d'euros, mais la raison en est plus profonde : un peu un retour vers une époque où tout allait mieux, une autre façon de vivre.

Nous vivons une époque bizarre et beaucoup ont déjà déconnecté.

25/09/2011

# SCIENCES

## Après le courant électrique, le courant magnétique

Vous connaissez bien entendu le courant électrique. Il fait partie de notre quotidien. On peut également parler de courant photonique ne serait-ce que par la fibre optique ou le rayon laser...

Mais là, après maintes recherches, le dernier prix Nobel de physique vient d'être remis à l'équipe de l'Institut des Nanosciences de Paris pour la réalisation d'un courant... magnétique ! Evidemment, rien à voir avec les pseudos courants dont on parle qui traverseraient le corps humain ou animal. Non, là c'est du sérieux et, en fait, pas véritablement de circulation de monopôles magnétiques. Son existence n'était pas en contradiction avec les principes de la physique quantique mais n'avait jamais, jusqu'alors été l'objet d'une réalisation expérimentale effective. C'est fait !

Et une « force », un élément supplémentaire des particules élémentaires de plus dont on montre qu'elle peut être l'objet d'un courant.

A quand maintenant le courant gravitationnel ? Sans parler des autres forces subatomiques...

03/10/2011

# SCIENCES – CLIMAT

## Et la nature a inventé l'eau tiède

 C'est maintenant bien connu et admis : l'activité humaine est à l'origine d'un réchauffement climatique. Personne ne le conteste plus et le phénomène va en s'accélérant ces dernières années, ce qui devient une préoccupation majeure pour l'humanité. Mais il vient d'être démontré qu'indépendamment de l'Homme, cette fois, nous entrons, comme régulièrement au travers de l'Histoire de notre planète, dans une période froide pour ne pas dire glaciaire. En fait, nous sommes actuellement dans une période interglaciaire à l'intérieur d'une ère glaciaire. Cette évolution semble liée à une variation du champ magnétique terrestre. La dernière glaciation date maintenant de 10.000 à 120.000 ans si on excepte le dernier épisode froid que fut le « Petit âge glaciaire ». Et, après une amélioration, il s'avère que nous replongeons vers une période froide. Ce qui théoriquement devrait contrebalancer le réchauffement « humain » et maintenir un climat stable. Mais le remède risque d'être pire que le mal : certes pas de fortes chutes ou hausses de températures mais nous irions vers d'importants dérèglements climatiques, une situation instable avec nombre de phénomènes climatiques violents.

Rien de tel pour attraper un chaud et froid !

06/10/2011

163

# SOCIETE

## Des dépenses ménagères inutiles

 Il vous arrive sans doute de jeter des packs de yaourts périmés, ou de la viande, des fruits et légumes avariés ou des objets même dont vous ne vous servez jamais ensuite...

Et bien sachez qu'en moyenne, selon la récente étude IPSOS, sur demande de l'Institut National de la Consommation, 10% des dépenses ménagères sont inutiles !

Un suivi précis a été effectué auprès d'un échantillon de 1000 foyers tests sur l'utilisation des revenus du ménage (au sens large). Conclusions : beaucoup de déchets, beaucoup trop. Il ne s'agit pas, bien entendu, des dépenses réalisées pour les loisirs (restaurants...) mais bel et bien d'achats ou de dépenses inutiles car aboutissant à la poubelle ou à l'inutilisation et l'encombrement.

Bref, une simple gestion plus rigoureuse permettrait une hausse du niveau de vie de près de 10% ! Et, étonnant, ce pourcentage dépend peu du revenu familial.

Ce gaspillage ne pourrait être réduit à 0 et c'est vrai que cette rigueur nécessaire n'est pas facile lorsqu'on a sa journée de travail derrière soi...

16/10/2011

164

# SOCIETE – BONHEUR

## La carte d'identité du bonheur

Vous connaissez votre poids, la couleur de vos yeux, votre taille, bref votre physique. Vous savez aussi votre signe astrologique, mais pour le reste, notamment vos goûts, plus grand chose de précis : si, vous aimez le chocolat par exemple.

Avec le logiciel SOCRATIC d'Avanquest Software (rien à voir avec la musique), vous allez enfin pouvoir savoir qui vous êtes vraiment !

A la manière un peu des tests que l'on trouve dans nombre de magazines mais en version fouillée et complète, tout y passe ou presque : votre couleur favorite, vos chanteurs, vos plats,... Et, en fin de comptes, il vous sort votre profil, ce pour quoi vous êtes fait, et la double recommandation  celle placée sur le fronton du temple de la pythie de Delphes et reprise par Socrate « connais-toi toi-même » et « vis en accord avec toi-même ».

Ainsi votre vie deviendra plus claire, plus stable, plus cohérente, normalement !?

Mais, déjà, rien que passer du temps à se regarder le nombril en utilisant ce nouveau logiciel : qu'est-ce que c'est bon !!!

18/10/2011

165

# SOCIETE

## Un vrai individu purement virtuel

Il y a les individus existant réellement : vous, moi (quoique...). Il y a les personnages de romans, de films, les espions sous fausses identités, les pseudos sur Internet, les morts qui continuent à voter,...

Mais là, la découverte réalisée par les services de la Préfecture de Paris dépasse la compréhension. En effet, le sieur Benoît Dubond, dont tout laisse à croire qu'il existe réellement, n'est en fait qu'invention. C'est ce qui a été découvert, par pur hasard, récemment, sur Paris.

Et pourtant il avait tout : un visage, des photos souvenirs, une adresse, une famille, un emploi, une immatriculation Sécurité Sociale, toute une vie reconstituée... Mais tout était faux !

Et aucune arnaque aux avantages sociaux, aucun profit frauduleux, non, une simple invention d'un citoyen, lui bel et bien vivant, uniquement apparemment pour le plaisir. D'où la perplexité des Services de l'Etat, et l'enquête menée pour retrouver l'auteur de cette supercherie, toujours anonyme, lui.

Affaire à suivre.

Dubond, my name is Dubond...

20/10/2011

# SOCIETE – BONHEUR

## Faites-vous une toile pour être heureux

 C'est un des thèmes de la sophrologie : imaginer un paysage, un environnement, que vous ne connaissez pas mais qui vous rend heureux, quiet. D'un autre côté, certaines situations, certains paysages que vous avez l'occasion de contempler vous apporte un instant de bonheur. Il peut en être de même d'une photo, d'un tableau...

C'est là l'idée de base de cette nouvelle application « Artiste peintre » de Micro Application : un peu comme l'établissement d'un portrait-robot, par une série de propositions successives, vous constituez votre paysage, votre environnement, votre peinture. Inutile de savoir peindre : tout vous est proposé, que ce soit dans les « objets » représentés que dans les styles, les textures... avec une finition, une intégration, surprenante.

Et ainsi il vous est permis de concrétiser la toile de vos rêves, celle qui exprime les conditions de votre bonheur, vous apporte des moments de contemplation agréables.

Imprimez, exposez et contemplez !

Léonard, vous pour qui le bonheur est le sourire énigmatique d'une femme...

21/10/2011

167

# POLITIQUE – FRANCE

## Un Président presque parfait !

Outre programme, appartenance politique, on sait l'importance que peut avoir l'apparence, la personnalité, d'un candidat à l'élection présidentielle.

C'est le Président parfait – pour nos concitoyens – qu'a voulu ainsi définir Le Point dans son dernier numéro. Pour cela, il a mené une enquête, via IPSOS, afin de faire ressortir les caractéristiques aussi bien physiques que de personnalité qui représenteraient le candidat idéal. Résultat : un homme (et oui hélas mesdames), plutôt grand, un peu enveloppé, cheveux châtain, voix grave légèrement rocailleuse, un « littéraire », simple, humble, de contact facile, un rural plutôt que citadin mais avec du charisme, qui en impose... Vous retrouverez son portrait complet dans Le Point de ce mois-ci. Et c'est vrai qu'on y retrouve du De Gaulle comme du Pompidou, Mitterrand ou Chirac. Un côté bonhomme, rassurant, proche, posé, un représentant de la culture française avec son histoire, ses références, ses habitudes, ses défauts les plus sympathiques...

Mais non, il n'a pas le béret sur la tête, le saucisson, la baguette de pain et le litre de rouge, sans oublier moustache et charentaises : ce n'est pas Super Dupont quand même !

24/10/2011

# SCIENCES – MEDECINE

## De l'origine de la sclérose en plaques

En France, plus de 80.000 personnes sont atteintes de sclérose en plaques. Et pourtant, jusqu'à présent, la médecine a du mal à bien appréhender cette maladie, en ce qui concerne aussi bien sa cause que son évolution. Un temps, il était question d'un rapport de cause à effet entre la vaccination contre l'hépatite et la SEP. Mais cette hypothèse n'avait pas été confirmée. Cela tenait peut-être à des enjeux ne relevant pas uniquement de la science médicale... Or, aujourd'hui, les dernières études de l'INSERM révèlent une nouvelle association, cette fois-ci non pas de la vaccination contre l'hépatite avec la survenue de la sclérose en plaques mais de l'hépatite elle-même !? Et c'est vrai qu'il est clair que toutes les personnes atteintes de sclérose en plaques n'ont pour autant été vaccinée contre l'hépatite. Mais il semble que, d'après cette étude, toutes, par contre, ont dû être atteinte d'hépatite précédemment dans leur vie, sous forme bénigne, passée quasiment inaperçue : La grande majorité des hépatites est asymptomatique c'est-à-dire ne présente aucun symptôme et disparaissent naturellement.

On y voit ainsi un peu plus clair mais cela ne résout rien, hélas, pour l'instant...

28/10/2011

# SOCIETE – ENSEIGNEMENT

## Des vacances studieuses

 La chose avait été expérimentée il y a bien longtemps, dans les années 80, lors du plan « Informatique Pour Tous » : former les enseignants durant les congés scolaires.

Il s'agissait, à l'époque, de permettre la formation à l'informatique pédagogique des enseignants sur une semaine. Ceux-ci étaient alors indemnisés pour ce travail hors temps scolaire. Là, dans cette nouvelle expérimentation sur l'académie de Rennes, ce sont des vacances studieuses, dans le cadre de la formation continue, qui sont mises en place. Toujours sur une semaine, les journées comportent deux volets : une matinée de stage, de formation professionnelle, et un après-midi de loisirs plutôt sportifs : bateau, planche à voile,... avec cours d'initiation possibles. Le tout encadré, avec transport et hébergement pris en charge par l'Education Nationale. Il s'avère que cette formule est moins coûteuse que les formations sur temps scolaire qui obligent à remplacement. Evidemment, il n'y a plus, ici, d'indemnisations puisque celles-ci sont remplacées par un séjour de villégiature tous frais payés.

Et les candidatures se bousculent : les enseignants aiment bien, ainsi, se retrouver entre eux !

02/11/2011

# TECHNOLOGIE – TV

## Enfin les chaines de TV Internet sur votre télévision de salon

Fini le temps des chaînes de télévision hertziennes. Certes il est encore possible de capter des chaînes analogiques via la parabole et un décodeur analogique mais sinon, c'est du tout numérique : TNT, parabole avec décodeur numérique, câble, bouquets des fournisseurs d'accès Internet (ADSL). Il ne manquait plus que les chaînes de télévision « Internet ».

C'est fait ! La nouvelle gamme de téléviseur Samsung intègre une connexion Internet possible via votre FAI. Ainsi, maintenant, vous pouvez voir sur votre TV ce qui n'était accessible jusqu'à présent que sur votre ordinateur ou sur votre télé mais en passant par un PC et câblage ordinateur / écran TV. Cela ouvre un immense créneau, dorénavant, pour l'apparition et la diffusion de nouvelles chaînes et rend véritablement « tout public » beaucoup de chaînes restaient jusqu'à présent plutôt confidentielles. C'est ainsi que, déjà, certaines radios investissent cette possibilité comme Rires et Chansons par exemple mais gageons que rapidement d'autres radios suivront...

Bon, encore une bonne occasion de devoir changer mon téléviseur !!

04/11/2011

# SOCIETE – CIVILISATIONS

## Les grandes civilisations
## ne perdent pas le nord

 On voit qu'à travers l'Histoire humaine, les lieux des hautes civilisations se déplacent (voir autre article « ETHNO-ECONOMIE : un pôle humain).

L'étrange constatation faite depuis par des chercheurs de l'université de Pen State, en liaison avec l'Institut Polaire français est que ce déplacement de civilisation est lié à celui du pôle magnétique terrestre !

Ou plus exactement à une conjonction entre la position du pôle magnétique et les zones climatiques : les civilisations se développent sous les climats tempérés les plus proches du pôle magnétique terrestre en surfaces émergées bien sûr.

Et la corrélation est frappante.

Maintenant reste à expliquer ce phénomène et savoir dans quelle mesure il est possible de définir l'évolution dans le temps de ces deux paramètres : climat et positionnement du pôle nord magnétique...

Ah l'influence du magnétisme sur le vivant : tout un monde à découvrir !

08/11/2011

# SOCIETE – FRANCE

## Nostalgie quand tu nous tiens…

 Il est classique de dire, arrivé à un certain âge, que c'était mieux dans le temps... Avant, on parlait de la Belle Epoque pour la période d'après crise de 1870 à 1895, juste avant la Grande Guerre, ou des 30 Glorieuses de 1945 à 1973.

Mais là, le dernier sondage réalisé par IPSOS montre que cette tendance est devenue prédominante. Il faut dire que l'époque que nous vivons n'a rien d'enviable : chômage, précarité, incertitude, crise économique, pauvreté, dégradation du niveau de vie, que des caractéristiques négatives. Et aucun espoir à l'horizon. D'où le mouvement actuel, qui touche tous les domaines, social, artistique, économique... Un souhait de retrouver notre monde passé, celui où on était heureux, où il faisait beau, où l'on vivait bien plutôt que ce monde triste, morose, sans avenir. Bref, on assiste à une sorte de dépression collective où les gens s'enferment sur eux-mêmes, et, phénomène plus inquiétant, se tournent, politiquement, vers les extrêmes qui surfent sur cette vague : retrouver la sécurité, vouloir un pouvoir fort qui nous sortira de là en revenant aux « vraies » valeurs, ou tout foutre en l'air par le soulèvement du peuple...

Bon, on va s'en sortir mais quand ?!

14/11/2011

# TECHNOLOGIE – TELEPHONE

## Enfin une possibilité simple d'accusé réception de SMS

Cela existe évidemment pour le courrier postal, pour les mails : la possibilité de demander un accusé réception de votre message.

Cela pouvait se faire pour les SMS mais très loin d'être courant même si, techniquement, c'était possible puisque l'opérateur, lui, reçoit cet accusé réception.

C'est enfin réalisé et d'utilisation simple, par SFR : vous pouvez, dorénavant, demander à recevoir un accusé réception non seulement lorsque vous envoyez un texto mais également possible dans le cas d'un message vocal !

La procédure est d'ailleurs assez semblable à celle utilisée lors de l'envoi de mails : il suffit de cocher l'option « avec accusé réception ».

SFR, d'ailleurs, étudie la possibilité d'envoi prioritaire ou non, pour SMS ou messages vocaux, toujours à l'image de la gestion des courriels.

Ces nouveaux textos prioritaires, et sécurisés, seront certainement à un tarif autre que le SMS courant...

16/11/2011

# ECONOMIE – FRANCE

## ERDF rembourse les ampoules !

2 gros points noirs sont connus d'ERDF pour l'alimentation électrique de notre territoire : la Bretagne et PACA (enfin une partie de ces régions). Lors de périodes de grands froids, le soir, au retour du travail, à la tombée de la nuit ou le matin, ça « disjoncte » ! La consommation électrique connaît un pic qui, parfois, dépasse l'approvisionnement. D'où pannes électriques ! L'infrastructure, dans ces deux régions, est déficiente et l'aménagement s'avère fort onéreuse et difficile : il s'agit de « bout de lignes »... La solution trouvée par ERDF est simple : faire consommer moins par les utilisateurs. Si cela est difficile pour les machines électriques (entreprises) ou le chauffage, c'est actuellement réalisable pour l'éclairage. Il suffit de remplacer toutes les vieilles ampoules par des ampoules à économie d'énergie ou des LED. Juste de quoi écrêter la consommation pour ne plus dépasser le seuil maximum. Alors c'est l'opération qu'a lancée ERDF : elle rembourse l'achat des ampoules basse consommation sur présentation du ticket de caisse ! Bon, c'est limité : par exemple à 10 ampoules pour les particuliers.

Et, par là même, ERDF se fait, à des coûts raisonnables, une méga campagne de pub... EDF vous doit plus que la lumière ???

18/11/2011

175

# SOCIETE – CATASTROPHE

## Peut-on prévoir le nombre de victimes d'une catastrophe ?

 Cela fait froid dans le dos et pourtant... Régulièrement, nous apprenons que telle ou telle catastrophe est survenue dans une région du monde. Au fil des heures, le nombre de victimes augmente régulièrement jusqu'à se stabiliser souvent hélas en milliers. Ce sont tremblements de terre, inondations, cyclones, incendies...

Ce qui fait froid dans le dos c'est qu'un logiciel a été mis au point pour l'Office de Coordination des Affaires Humanitaires des Nations Unies, qui permet d'emblée de prédire qu'une catastrophe, selon la nature, le lieu, l'amplitude, l'horaire, fera tant de victimes. Il a été « testé » et calibré sur l'ensemble des derniers grands cataclysmes humains et vient, là, à l'occasion du récent tremblement de terre en Chine, d'être expérimenté, « en grandeur nature » et nous avons appris que dans les minutes suivant le séisme, il a donné une estimation du nombre de victimes juste à 5% près aussi bien de décès que de blessés !

Franchement, on se demande ce que ce genre d'information peut bien apporter ?! Peut-être pour mieux adapter les secours... ou inciter à des mesures préventives ?!

20/11/2011

176

# SCIENCES – SPECTACLE

## De la magie pour de vrai

D'habitude, ce genre de présentations, c'était l'apanage de la Cité des Sciences ou du Musée de l'Homme. Là, il s'agit d'un véritable spectacle de magie. Mais pas n'importe laquelle : tout est garanti 100% sans trucage !

Et pourtant rien de vraiment magique (la vraie magie existe-t-elle ?) : tous les tours présentés par Robin La Science (nom de scène évidemment) reposent uniquement sur des singularités naturelles scientifiques ou des effets d'optique. Et la nature regorge en fait de ce genre de phénomènes. Donc il suffit d'y puiser de quoi très largement alimenter un spectacle de « magie ».

L'idée est originale et le résultat bluffant. La preuve en est de l'affluence, du au bouche à oreille, et de la satisfaction des spectateurs au sortir de la représentation.

Une idée de spectacle qui sort de l'ordinaire et renouvelle le genre.

Les impôts font un peu pareil : vous touchez votre salaire et hop, comme par magie, une partie disparaît... Bon, c'est moins drôle !...

24/11/2011

177

# POLITIQUE

## Les faiblesses de la démocratie

« Réquisitoire contre la démocratie » : évidemment, le titre du dernier ouvrage de Geneviève Nodens est provocateur. Nous savons tous combien celle-ci est démocrate dans l'âme et pourtant... Geneviève Nodens y met en lumière les dysfonctionnements de la démocratie dans le monde et notamment qu'elle aboutit souvent, à ses débuts, au chaos. Le principe est simple et évident: quand, suite à une trop longue dictature, la révolte gronde, l'esprit révolutionnaire l'emporte par l'exaspération de la population, après la période de violence, le renversement du pouvoir absolu, c'est très vite l'anarchie, la contestation, et point de mise en place immédiate d'une démocratie apaisée. La soif de liberté, d'expression, fait que ça va dans tous les sens, on conteste et tout devient ingouvernable jusqu'au jour où, à nouveau, l'autorité s'impose, que ce soit par l'armée, le putsch, l'intégrisme ou tout autre expression d'un pouvoir fort n'ayant rien de démocratique. Et l'ordre revient, la paix aussi, mais à quel prix ?! Ah, c'est alors tellement plus sécurisant et plus efficace ! Et l'on sait où l'on va...

Bon, alors, 1789 n'a été que l'occasion de morts, de persécutions, de mise en place de la Restauration et de Napoléon ou est-ce que c'était une étape nécessaire à l'installation, un siècle plus tard, d'une véritable démocratie ?

26/11/2011

# ECONOMIE – FRANCE

## Dette : un bon plan pour tout le monde

L'exemple avait été montré par la Belgique : emprunter aux particuliers plutôt qu'aux banques, aux marchés.

La France commençait à avoir de sacrées difficultés à emprunter sur les « marchés » car, défiance oblige, les taux d'intérêts ne cessaient de croître : on atteignait presque les 7% !

Alors qu'à côté de ça, par son épargne populaire, la France dispose de milliards en réserve : il suffit alors d'y puiser lorsque nécessaire. C'est ce que l'Etat va faire en émettant des emprunts d'Etat, bons du Trésor, fort intéressants pour les petits épargnants : du 4% ! Nettement mieux que le Livret A. Et tout le monde y est gagnant : taux d'emprunts moins élevés pour l'Etat, placements plus rémunérateurs pour l'épargnant.

Ceci accompagné d'une belle campagne publicitaire mettant aussi en avant le geste citoyen qu'est celui de prêter à l'Etat, donc à nous tous... Et, tout comme cela s'est donc passé en Belgique, il semble que ce soit une solution – provisoire – au problème conséquent de la dette souveraine.

Si maintenant les citoyens dament le pion aux banques, où va-t-on ?!

28/11/2011

# TECHNOLOGIE – FRANCE

## Le renouveau de l'énergie nucléaire

AREVA avait pris un sacré coup suite à la désaffection mondiale pour l'énergie nucléaire. Elle avait dû se consacrer uniquement à l'exportation de sa technologie vers les pays dit, à l'époque, émergeants. Mais il fallait préparer la reconversion.

Suite au projet ITER, AREVA a su développer l'application industrielle tant recherchée depuis près d'un siècle, de la fusion nucléaire, et vient de réaliser, en Bretagne, la première centrale thermonucléaire au monde. Le principe n'est pas exactement celui utilisé dans le cadre d'ITER, d'où cette avance.

Là, plus question de pollution, de radioactivité ou du moins minime. Et l'indépendance énergétique est alors assurée puisque le combustible provient, en fait, de l'eau de mer. Contrairement aux énergies fossiles et même à la fission nucléaire, les réserves sont maintenant quasi inépuisables.

Si la fin du nucléaire classique a permis le développement des énergies renouvelables, celles-ci risquent fort maintenant de ne toujours constituer qu'une énergie d'appoint, à usage local.

L'OPEE (voir autre article) n'a qu'à bien se tenir !

30/11/2011

# SOCIETE – CULTURE

## Le livre électronique signe-t-il la mort des bibliothèques ?

Ça y est, statistiquement, le tournant est pris : le livre électronique dépasse, en lecteurs, le bon vieux livre « papier » !

On avait déjà constaté un début de crise dans le domaine de l'édition, un peu à la manière, en son temps, des CD de musique. Cette crise trouvait même répercussion chez les libraires, obligés à une certaine reconversion. Mais ce à quoi on n'avait pas pensé, ce sont les bibliothèques ! En effet, la lecture d'ouvrages se faisant maintenant majoritairement sur tablettes numériques, voire sur sa déclinaison « livre électronique » (ces fameuses tablettes dédiées qui emportent un tel succès), la fréquentation des bibliothèques est en forte diminution.

Hé oui, pour un nouveau livre, impossible à emprunter matériellement et l'acquisition se fait via Internet : les bibliothèques sont totalement démunies. Alors, elles aussi, doivent, de force, évoluer, soit vers l'aspect médiathèque, soit en lieu d'exposition, soit auprès des scolaires...

Rassurez-vous : la BMF a encore de belles années devant elle !

02/12/2011

# SOCIETE

## France, terre d'émigration

Non, il ne s'agit pas d'une faute de frappe : c'est bien émigration et non immigration.

Et oui, certains se préoccupent du « problème » de l'immigration en France alors que la dernière étude conjointe du CREDOC et de l'INSEE nous alerte sur un phénomène nouveau : le développement de l'émigration de français vers l'étranger.

En effet, celle-ci est, depuis quelques années maintenant, en forte augmentation. La chose n'a d'ailleurs pas commencé en France mais d'abord dans certains pays développés, notamment ceux du de l'Europe centrale puis du sud de l'Europe. La faute à la crise, à l'expansion économique des pays émergeants, au chômage et au manque de perspectives dans nos contrées. Alors les jeunes veulent tenter leur chance dans ces pays plein d'avenir alors que les vieux privilégient les pays à bas niveau de vie pour assurer une retraite confortable malgré leur maigre pension.

Bref, tout le monde s'en va ! Au point de commencer à infléchir la courbe démographique, pourtant précédemment en extension, de notre beau pays.

Serait-ce un signe avant-coureur de notre déclin et le révélateur d'un futur sous-développement ?

05/12/2011

# ECONOMIE – FRANCE

## L'écologie sacrifiée pour le développement économique

 On pouvait déjà le pressentir à l'occasion de la réintroduction des farines animales. Il y avait les pour et les contre pour le nucléaire. Pour les OGM, c'était limite...

Et voilà que l'exploitation des gaz de schiste vient d'être, en fin de comptes, autorisée. Il semble que les conditions d'extraction se soient améliorées, c'est tout au moins le discours officiel justifiant la chose.

Mais surtout, en définitive, cela montre que l'urgence maintenant est de faire redémarrer coûte que coûte (c'est le cas de le dire) l'économie en sacrifiant, du coup, les préoccupations écologiques. Et c'est vrai que cela va, de fait, rebooster notre économie. Pensez donc : une manne financière, des emplois qui pleuvent, dans le sud-est mais aussi le nord de la France, région sinistrée. Bref, de quoi sortir de la crise... En gros, le discours est simple : le produit en lui-même n'est pas dangereux, il faut surtout mettre en place des conditions d'exploitation qui soient sûres. Ne pas en profiter est économiquement suicidaire.

Bon, enfin, pas près de chez moi s'il vous plaît !

07/12/2011

183

# SOCIETE – Mexique

## La prévision Maya était exacte…
## pour le Mexique

 Cela faisait quelques années qu'on en parlait, qu'on la craignait, cette fameuse date du calendrier maya correspondant à notre 21 décembre 2012 et à la fin du monde.

Et voilà, elle est passée et point de fin du monde. Par contre, pour le pays maya donc, si !

Oui, c'est une des tristes constatations que l'on peut faire suite au tremblement de terre, d'une magnitude 7, qui vient de se produire au sud du Mexique, au cœur même de l'ancienne civilisation Maya. Il est clair qu'il s'agit d'une zone à haut risque, point de jonction de plusieurs plaques tectoniques et lieu de failles majeures, à l'origine déjà de fort séismes au Guatemala en 1976, Mexique en 1985, Haïti en 2010...

La région a quasiment « disparu », tout est dévasté et donc évidemment tous les vestiges de cette haute civilisation en grande partie en ruine...

La prédiction s'est accomplie, le monde est sauvé, mais à quel prix ?!

09/12/2011

# SOCIETE – FRANCE

## Plus qu'une simple journée de courtoisie

24 mars : c'était la journée de la courtoisie au volant, comme chaque année.

Mais là vous avez sûrement remarqué la différence, on a suffisamment relevé la chose dans les médias : ce fameux badge en forme de smiley souriant qu'arboraient, certes les automobilistes, signe de reconnaissance et d'expression de l'adhésion à cette campagne, mais, et vous l'avez vu aussi, il n'y avait pas que les automobilistes : tout un chacun, à pied, dans les lieux publics, portaient le même signe distinctif !

Et, phénomène plus étrange, le 24 mars est passé, et nous continuons à voir nombre de personnes avec toujours ce petit rond jaune, plus petit (1cm de diamètre) à la boutonnière.

Il semble bien qu'à l'occasion de cette journée soit apparu un courant, non négligeable, visant à restaurer les grands principes de la courtoisie...

Et pas seulement : l'expression, sans doute, vers un retour de la politesse, des valeurs humanistes, d'honnêteté, de morale (pas dans le sens rétrograde, rigide).

Que c'est beau ! Bon, par contre, c'est le fabricant de ses pins qui a du se faire des ronds !!!

12/12/2011

# POLITIQUE – SUEDE

## Une nouvelle forme d'élection

 Normalement, lorsque l'on vote, on choisit UN candidat, ou UNE liste. Pour certaines élections, on peut « panacher » (barrer des noms, en rajouter...). Mais c'est tout !

La nouvelle loi électorale que vient de mettre en place la Suède va plus loin, affine le processus. Les suédois peuvent dorénavant voter pour plusieurs candidats, au sens large, en mettant un ordre de priorités.

Evidemment, cette forme d'élection, lourde dans son dépouillement lorsque c'est fait à la main, s'avère relativement réalisable par vote électronique, ce qui est, depuis peu, le cas en Suède.

Cette nouvelle forme de vote, après avoir été testé sur quelques scrutins locaux, semble donner des résultats compatibles avec un vote « classique » tout en affinant les résultats de quelques points quand même qui, lors de scrutins serrés, peuvent faire pencher la balance...

Encore une fois, la Suède donne l'exemple. Les résultats sont plus groupés, les tendances mieux représentées, quasiment un vote à la proportionnelle dès la base.

14/12/2011

# SCIENCES – PHYSIQUE

## L'univers ne serait-il que mathématique ?

On sait l'importance, en physique théorique, des mathématiques. D'ailleurs on parle de physique mathématique, c'est tout dire ! Tout dire ? l'équipe de l'Institut International de Physique Mathématique (IMP), sous l'égide du professeur A. Jazik, va plus loin, plus loin que les Newton, Maxwell, Kelvin, Hamilton et autres Hilbert. Pour elle, toute formule mathématique, voire toute mathématique, a sa traduction dans notre monde réel, en physique. Et, seul à rajouter est l'ensemble des unités de mesures car, historiquement, l'humanité a dû créer, de manière disparate, de quoi quantifier les phénomènes observables au sens large. Ces phénomènes étant l'expression de formules mathématiques. Et, en plus des constantes mathématiques, nous avons généré, par des unités de mesures d'origines diverses, des constantes physiques, pour rendre « compatibles » ces mesures. Il en est ainsi de la constante de la lumière, de celle de la gravitation, pour les plus connues, liant masse, temps, distance... Cela ouvre de vastes perspectives de recherches en physique théorique : quelles sont les traductions, dans la réalité, de toutes nos formules mathématiques ? Quels les ponts pour relier différents domaines de la physique par « malaxage » des formules de physiques ?...

Dieu mériterait sans doute la médaille Field !?...

19/12/2011

187

# SOCIETE – CULTURE

## L'Académie Française met les points sur les i

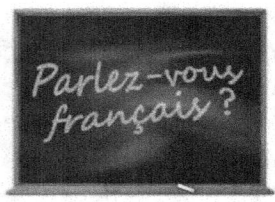

Comme à son habitude, l'Académie Française, dans ses nouvelles recommandations, ne manque pas de faire quelques « remarques » destinées à attirer l'attention sur des modes, des habitudes plus ou moins répandues dans la langue courante et contraires au bon usage.

Il en est ainsi, et vous l'avez sans doute remarqué, de l'utilisation – ou plutôt de la confusion – entre « difficile » et « compliqué » : en effet, « difficile » est de moins en moins utilisé et remplacé régulièrement, mais pas toujours à bon escient, par « compliqué ». Si cet usage est relativement récent, il en est tout autrement pour toute une série de dénominations inappropriées liées à une localisation géographique. Ainsi, l'Académie Française suggère de remplacer « Conseil Général » par « Conseil Départemental » (ça devrait se faire sous peu… ?), et, pour l'Education Nationale, « Inspection Académique » par Inspection Départementale et la suite conséquente : « Inspection Départementale » par « Inspection de circonscription », « Rectorat » par « Inspection Régionale »...

C'est pas compliqué !!! Euh, difficile ?

21/12/2011

# ECONOMIE

## Internet : plus loin avec Google

Peut-être avez-vous entendu parler de « SVP » ? C'était une agence permettant d'obtenir des renseignements par téléphone, sur quasi tout ce que l'on peut rechercher, ceci dans la seconde moitié du 20$^{ème}$ siècle. Depuis, il y a eu Internet, ses moteurs de recherche et, finalement, LE moteur de recherche Google. Mais même avec Google, une réponse précise, exhaustive, prend du temps car les réponses du moteur de recherche sont nombreuses et pas toutes pertinentes : il faut ensuite faire le tri.

D'où l'idée qui est à l'origine de « SRP » (Service de Recherche Personnalisée », clin d'œil à SVP ?...). Et d'ailleurs le service est rendu par Internet et à contact téléphonique : premier contact via le site Internet de la société SRP, premiers éléments de recherches, puis affinement de la demande par téléphone et fourniture de la réponse par mail. Efficacité redoutable, réponse relativement rapide, totalement adaptée à la demande et sans mobilisation de temps pour le demandeur. En fait SRP fait votre recherche sur Google à votre place. La consultation peut être ponctuelle mais possibilité d'abonnement.

Bon, ça ne marche pas si vous recherchez l'amour, ou le bonheur. Dommage !

26/12/2011

189

# SOCIETE

## Quels sont ceux qui tiennent à vous ?

L'idée est sans doute inspirée de l'expérience réalisée par ce bosniaque de 45 ans qui avait simulé, en 2007, son décès afin d'assister à son propre enterrement et ainsi voir qui étaient présents.

« Post Mortem » réalise, à la demande, ce même « service » à qui le désire – et paye en conséquence évidemment !

Et, ma foi, ça marche !

Bon, la prestation est très encadrée car à la limite de la légalité : pas question de faux acte de décès, délai maximum pour rétablir publiquement la vérité.

Même la dimension religieuse doit être respectée.

D'où une procédure très sophistiquée et donc un coût non négligeable.

Mais, en contrepartie, l'avantage énorme d'assister à son propre enterrement quand même ! Avouez que ce n'est pas donné à tout le monde !...

Savoir maintenant si les amis présents restent toujours amis après une telle manipulation ? C'est un test à double tranchant...

28/12/2011

# POLITIQUE – FRANCE

## Un fauteuil présidentiel pour deux

 Situation inédite pour cette prochaine campagne présidentielle : il s'avère – comme d'habitude je ne citerai pas de nom mais vous les connaissez et les médias s'en font largement l'écho – qu'un parti « bip » présente 2 candidats à l'élection Présidentielle qui vient.

Cela pose problème au CSA car il est manifeste qu'il s'agit ainsi d'obtenir le double de temps de parole durant la campagne et cela en toute légalité. Mieux : des deux candidats, l'un est favori, nettement, et l'autre un obscur totalement inconnu et sans envergure nationale. Soit disant un « dissident »... Bref, peu de voix prises au candidat principal.

Et, évidemment, les deux défendent le même programme, quasi le même parti (le second représentant un parti récent, créé pour l'occasion, en alliance forte avec le premier) et le second appelle, presqu'ouvertement à voter pour le 1er !!!

La chose, la manipulation, est dénoncée par les autres candidats et partis mais rien n'y fait car, encore une fois, la légalité est respectée.

Ah ces politiques, rusés qu'ils sont ! Mais, dans l'esprit, on voit que ce n'est pas la démocratie qui est respectée...

03/01/2012

# SOCIETE – FRANCE

## La vague celtique est de retour

 Etonnant la vague celtique actuelle si l'on s'en réfère à la situation économique de l'Irlande, pays celte par excellence ! Et pourtant...

Pourtant nous avions déjà vu ça, musicalement, dans les années 1970 avec notamment Alan Stivell et des groupes de musique celtique comme Malicorne, qui continua toute la fin du 20ème siècle.

Ce renouveau se voit actuellement très fortement au travers du festival inter celtique de Lorient qui connaît un succès inégalé, tout comme la musique celtique et bretonne qui se vend très bien.

Mais cela va au-delà et transparaît maintenant par l'influence de ses racines culturelles.

C'est en fait plus révélateur d'un besoin de retour aux traditions, à la culture « française » profonde, à la nature, aux cultes d'antan... comme un refuge dans un monde actuel incertain qui effraie.

Et cela fait, hélas, les choux gras de certains partis d'extrême droite qui s'engouffrent pour récupérer cette opportunité !!!

09/01/2012

# POLITIQUE – MONDE

## Le retour des blocs

 Jadis il y avait les empires. Puis la période des colonies. A la fin du XXème siècle, en ne parlait plus d'empires mais de zones d'influences, de blocs... : le bloc communiste, le « monde libre », chacun structuré par un traité : pacte de Varsovie, Traité de l'Atlantique Nord (OTAN). Le bloc communiste, à la manière de l'ancien empire romain, s'est divisé en deux : la Chine et l'URSS. Et le reste du monde, ou presque, était sous l'hégémonie d'un des blocs. Les guerres alors se faisaient sur les territoires sous influences... Il y avait aussi l'Europe, Ah l'Europe !... ou plutôt les Europes (voir autre article). Et lorsqu'un « empire » se disloquait, c'était souvent dans la souffrance (URSS, Yougoslavie, Tchécoslovaquie, Tchétchénie...). Nous avions déjà évoqué cette « histoire » dans l'article sur la tectonique des peuples. C'est ainsi que C. Barbot interprète la formation des nouveaux blocs, avec les mêmes explications quant aux racines religieuses et surtout les actuelles zones musulmanes avec leurs variantes : chiite, sunnite, asiatique, africaine, zones étant amenées à se structurer, se « solidifier ».

Ah, la nature humaine !... On critique alors que cela semble dans l'ordre des choses.

18/01/2012

# SCIENCES – PHYSIQUE

## Des micros trous noirs partout !

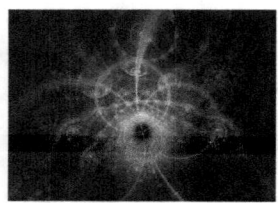 Ils étaient déjà envisagés dans diverses théories physiques, conséquence de la mécanique quantique, mais toujours dans des domaines énergétiques élevés et généralement éphémères. Je rappelle que le principe du trou noir est le fait que la forte concentration de masse en un lieu précis entraîne une force de gravitation telle que même la lumière est « attirée » et ne peut donc rayonner. Mais il s'agit d'objets célestes déjà observés. Les micros trous noirs, eux, ne relèvent pour l'instant que d'hypothèses théoriques. Et voilà que Stephen Hawking émet une nouvelle théorie, presque simplement une nouvelle vision, interprétation, selon laquelle les particules élémentaires ne seraient elles-mêmes que des micros trous noirs !!! On retrouve en fait dans sa thèse une reprise de certaines idées dont vous avez eu l'écho déjà ici (articles SCIENCES – PHYSIQUE). Bref, pour faire simple, les particules élémentaires pourraient être simplement de la lumière qui tournerait sur elle-même : le rayon de rotation et la fréquence définiraient alors les propriétés de ces particules...

Doit-on en conclure qu'en physique théorique, en ce moment, on tourne en rond et que la lumière ne jaillit pas encore ?!

22/01/2012

# SOCIETE – FRANCE

## Les détecteurs de monoxyde de carbone enfin obligatoires !

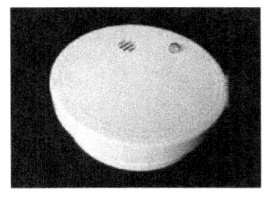

La loi n° 2010-238 du 9 mars 2010 rend obligatoire l'installation de détecteurs de fumée dans les lieux d'habitation. Au plus tard le 8 mars 2015, tous les logements devront être équipés d'au moins un détecteur autonome avertisseur de fumée (DAAF).4 févr. 2015

Mais, s'il y avait environ 500 morts par an par incendie, c'est 300 morts qui sont dues au monoxyde de carbone.

Et, jusqu'à présent, rien !

Il faut dire qu'était en cause la non possibilité d'homologation des détecteurs de monoxyde de carbone. Problème résolu.

Et donc, avec des années de retard, pourtant déjà proposé en 2008, la loi est enfin passée et, à partir de 2020, à la manière du détecteur de fumée (en fait le Texte est quasiment le même que pour le détecteur de fumée), le détecteur de CO deviendra obligatoire.

Mais il faudra patienter encore quelques centaines de morts...

24/01/2012

# TECHNOLOGIE

## Le summum de la relation virtuelle, l'alter ego virtuel

 Il existait les animaux virtuels, les « amis » des réseaux sociaux que, bien souvent, on ne connaissait pas vraiment.

Mais là, on franchit quand même une étape ! Imaginez (c'est le cas de le dire) : vous communiquez, via votre ordinateur, avec un être vraiment charmant, un confident, ou un partenaire, l'ami(e), le frère ou la sœur, l'amant(e) de vos rêves... Evidemment, puisque vous l'avez créé(e) de toutes pièces ! Un nouveau logiciel, en ligne ou en local, qui fait actuellement le « buzz » comme on dit. « Alter Ego », vous en avez déjà forcément entendu parler, peut-être même l'utilisez-vous déjà. Simple le principe : en un premier temps, en répondant à un questionnaire, vous définirez votre personnage : son caractère, ses goûts, ses défauts et qualités, et même son portrait-robot. Puis, à la demande, vous pourrez échanger avec lui. Tout ceci n'est possible que par les progrès de l'intelligence artificielle d'une part, et par une maîtrise du graphisme, hyper réaliste, loin des Mario Bros.

Plus besoin de journal intime ou de site de rencontres mais bon, est-ce que ça vaut de vrais amis ?...

26/01/2012

196

# POLITIQUE – FRANCE

## Les démocrates chrétiens
## ont le vent en poupe

 Etrange ce qui semble se passer... Depuis le départ de Christine Boutin de la présidence du parti Chrétien Démocrate, et sous l'égide de son nouveau leader, le parti Chrétien Démocrate a le vent en poupe !

Et c'est comme si l'effondrement du Front National avait laissé un vide : celui-ci était devenu un parti populaire pour ne pas dire populiste, pour plaire aux « ouvriers », un peu comme jadis le parti communiste et a suivi la même trajectoire : un effondrement après une période faste.

Et sont arrivées alors 2 tendances : le nouveau parti d'extrême droite... qui est donc redevenu un parti extrêmement minoritaire,... et les Démocrates Chrétiens, mettant en avant la religion chrétienne, et la culture qui va avec, l'identité, en opposition avec le développement de l'influence musulmane. Tout pour plaire en ces temps d'islamophobie !

On y retrouve une idéologie déjà présente depuis longtemps aux Etats Unis, côté Républicains.

Mon Dieu, où va-t-on ?

31/01/12

# SCIENCES – CLIMAT

## Les saisons reviennent

 Cris alarmistes des écologistes sur le réchauffement climatique. Certes, c'est de plus en plus constaté.

Mais ce n'est pas un réchauffement uniforme, sur toute l'année, loin de là !

De fait, on parle tout autant de réchauffement climatique que de dérèglement climatique : cela donne l'impression d'entrer dans une période transitoire instable provoquant des phénomènes météorologiques exceptionnels plus nombreux : vents violents, inondations, canicules, tempêtes...

Mais, pour la France, la situation est étrange : les saisons reviennent ! Disons plutôt que le climat, majoritairement « océanique », fait place à un climat presque « continental » sur l'ensemble du territoire : étés secs et très chauds, hivers secs et très froids, intersaisons (printemps, automne) plutôt doux et humides, des « étés indiens » de plus en plus fréquents.

Comme l'impression, justement, d'avoir enfin des saisons normales !

On ne pourra plus dire « ah, ma bonne dame, il n'y a plus de saisons !!! »

03/02/2012

# SOCIETE – FRANCE

## Actualité Imaginaire source d'inspiration pour le 1ᵉʳ avril

 Quelle idée !? Et pourtant... Notre actualité quotidienne fourmille d'événements, de situations, plus ou moins importants, à peine imaginables. Si on avait pu se douter, imaginer... Tous (ou presque) les possibles se pointent à l'orée de notre futur et pourtant un seul devient réalité, et pas forcément le plus évident. Notre raison, notre intelligence, notre maîtrise, ne sont pas assez grandes pour savoir ce qu'il adviendra. Ces autres possibles, ou plutôt d'autres possibles, sont l'objet même du site Internet Actualité Imaginaire.

Un autre moment est privilégié, de tradition, pour imaginer ces éventualités, c'est le fameux 1ᵉʳ avril ! Là où justement, on tente de faire croire à la réalité de tel événement pourtant lui, complètement imaginaire, en lui donnant un statut équivalent au réel au travers des médias. Et il s'avère qu'Actualité Imaginaire, qui n'imaginait pas ce destin, est devenu cette année la source de nombre de « canulars » à l'occasion de ce 1ᵉʳ avril !

Rêve, réalité, tout ne serait-il donc qu'une perception au travers des médias ?

27/03/2012

# SOCIETE – CULTURE

## Une lecture alléchante

Cela était difficilement réalisable pour le bon vieux livre « papier » sauf peut-être au travers de critiques de magazines ou de début lu à la radio.

C'est nettement plus facile en économie numérique : dernière trouvaille pour développer l'édition d'ouvrages littéraires sur support numérique, la possibilité de téléchargement gratuit du premier chapitre d'un livre sur sa tablette numérique ou son e-book.

On en avait déjà l'exemple pour les journaux où l'accès aux articles complets était payant. Il en est donc de même là, pour accéder à l'intégralité d'un roman.

Il s'agit, bien évidemment, d'une initiative de Google qui risque de contribuer encore plus à mettre à mal l'édition papier...

Cela existait déjà de manière marginale mais ça y est : Google, après avoir racheté plein de droit, met en ligne son énorme libraire…

Bon, il n'est pas impossible que ça influe l'écriture elle-même de façon à privilégier l'accroche du lecteur dès ce premier chapitre fatidique...

15/05/2012

# SCIENCES – VIE

## La vie éternelle en 1 seconde

 Grave question que celle de la mort... Et après ?: la vie éternelle ou bien plus rien ?

Les dernières études réalisées à l'Université de l 'Arizona semblent apporter un compromis à cette alternative : et si c'était les deux ?

Et oui, nombreux cas font échos, au moment ultime, d'un détachement de son enveloppe charnelle, d'un tunnel puis d'une lumière blanche, d'une rencontre avec des êtres chers disparus, d'une vision des grands évènements marquant de sa vie...

Et bien tout ça s'explique simplement par de derniers phénomènes sanguins et neuro-oculaires ! On croit y retrouver les thèses de Sir Robert Winston. Cela dure de l'ordre de la seconde : la période entre l'atteinte de la mort et l'arrêt effectif définitif des fonctions vitales. Un peu comme certains tremblements post-mortem ou la fameuse course des oies dont on a coupé la tête... Et c'est cela qui, en fait, serait « la vie éternelle » : l'impression hors du temps, éternelle, d'une « vie » après la vie alors que ce ne serait qu'une dernière remise en ordre fugace avant fermeture définitive.

Toujours cette notion du temps, qui semble si humaine...

27/05/2012

# POLITIQUE – FRANCE

## Pour une balance humaine en équilibre

Etrange que ce projet de loi proposé par Maxime Durant, nouveau député non étiqueté : il vise à équilibrer les échanges humains entre pays, ou du moins entre la France et les autres pays.

Le principe en est simple : accorder autant de visas longue durée (autorisation de séjour) pour un pays (personnes de ce pays souhaitant venir en France) que ce pays accorde de visa d'installation pour nos ressortissants français !

En fait, bien évidemment, se cache, derrière cette notion, le fait d'avoir ainsi un moyen simple de limiter l'immigration, quelle qu'elle soit : demandes d'asile, regroupement familial, raison professionnelle,...

Et le mieux est que cette idée fait son chemin car elle permettrait alors de rétorquer à ceux qui critiqueraient l'immigration, que nous avons, de notre côté, autant de français à l'étranger.

Ainsi un bilan de balance serait établi tous les ans et définirait le quota d'immigration possible venant de chaque pays.

Heureusement que cela ne concerne pas les touristes sinon notre balance commerciale, elle, en prendrait un sacré coup !

31/05/2012

# LES BREVES...

205

206

207

# DROITS & CREDITS